El verano en que me enamoré

Biografía

Jenny Han es la autora de la exitosa serie Verano, que incluye *El verano en que me enamoré*, *No hay verano sin ti* y *Siempre nos quedará el verano*, y cuya adaptación a serie ha realizado Amazon Prime. Su trilogía *A todos los chicos de los que me enamoré* ha sido un éxito internacional, encumbrada en la lista de los libros más vendidos en *The New York Times*, y que cuenta también con una adaptación a cargo de Netflix.

Jenny Han
El verano en que me enamoré

Traducción de Marta Becerril Albornà

CROSS BOOKS

Título original: *The Summer I Turned Pretty*

Avda. Diagonal, 662-664, 08034 Barcelona (España)
www.planetadelibros.com

Adaptación de la cubierta: Booket / Área Editorial Grupo Planeta a partir de la idea original de © Thunderwing
Primera edición en Colección Booket: febrero de 2023
Primera edición en esta presentación: mayo de 2025

Depósito legal: B. 7212-2025
ISBN: 978-84-08-30328-2
Impreso en España

Para todas las mujeres-hermanas de mi vida,
y muy especialmente, Claire

Capítulo uno

Llevábamos conduciendo como unos siete mil años, o al menos eso parecía. Mi hermano Steven conducía incluso más despacio que la abuela. Yo estaba sentada en el asiento del copiloto con los pies en el salpicadero. Mientras tanto, mi madre permanecía inconsciente en el asiento trasero. Incluso dormida, parecía estar en guardia, como si se fuese a despertar en cualquier momento y ponerse a dirigir el tráfico.

—Más de prisa —le repetí a Steven mientras le daba un toque en el hombro—. Adelanta al niño en bicicleta.

Steven se encogió de hombros.

—No toques nunca al conductor. Y aparta tus sucios pies de mi salpicadero —dijo.

Sacudí un poco los pies. A mí me parecían bastante limpios.

—El salpicadero no es tuyo. Por si no lo sabes, pronto será mi coche.

—Si te sacas el carnet algún día. A la gente como tú no se les debería permitir conducir —se burló.

—Eh, mira —dije señalando la ventanilla—. ¡Ese tío en silla de ruedas acaba de adelantarnos!

Steven me ignoraba, así que empecé a juguetear con la radio. Una de mis partes favoritas de ir a la playa eran las emisoras de radio. Las conocía tan bien como las de casa y escuchar la Q94 me hacía sentir que había llegado de verdad, que realmente estaba en la playa. Encontré la emisora que más me gustaba, la única que ponía de todo, desde música pop, pasando por los clásicos, hasta hip-hop. Tom Petty cantaba «Free Fallin'» y yo entonaba a coro: *«She's a good girl, crazy 'bout Elvis. Loves horses and her boyfriend too»*.

Steven alargó el brazo para cambiar de emisora y yo se lo aparté de un manotazo.

—Belly, tu voz hace que me vengan ganas de hundir el coche en el océano —dijo Steven fingiendo dar un volantazo a la derecha.

Me puse a cantar aún más alto, despertando a mi madre, y ella también empezó a cantar. Las dos teníamos una voz terrible y Steven negó con la cabeza al estilo «Steven el indignado». No soportaba que le superásemos en número. Eso era lo que más le molestaba del divorcio de nuestros padres, ser el único hombre y no tener a papá para ponerse de su lado.

Cruzamos la ciudad despacio y, aunque acababa de burlarme de Steven justamente por eso, en realidad no me importaba. Me encantaba ese viaje; ese momento. Ver la ciudad de nuevo, la Barraca del Cangrejo de Jimmy, el Putt Putt y todas las tiendas de surf. Era como volver a casa después de estar lejos mucho, mucho tiempo. Aquel momento encerraba un millón de promesas sobre lo que podía llegar a ser ese verano.

A medida que nos acercábamos a la casa, empecé a sentir un cosquilleo familiar en el pecho. Casi habíamos llegado. Bajé la ventanilla e intenté absorberlo todo. El aire sabía y olía exactamente igual que siempre. El viento que me apelmazaba el pelo, la brisa salada, todo era perfecto. Como si me hubiese estado esperando.

Steven me dio un codazo.

—¿Pensando en Conrad? —preguntó, burlón.

Por una vez la respuesta era no.

—No —espeté.

Mamá metió la cabeza entre los asientos.

—Belly, ¿te sigue gustando Conrad? El verano pasado parecía que había algo entre Jeremiah y tú.

—¿QUÉ? ¿Jeremiah y tú? —Steven puso cara de asco—. ¿Qué pasó entre Jeremiah y tú?

—Nada —repliqué a ambos. Empezaba a sentir como el rubor me subía por el pecho y deseé estar más morena para poder ocultarlo—. Mamá, sólo porque dos personas sean amigos, no quiere decir que haya nada entre ellos. Por favor, no vuelvas a sacar el tema.

Mi madre volvió al asiento de atrás.

—Está hecho —dijo para zanjar el asunto.

Pero, claro, Steven tuvo que insistir.

—¿Qué pasó entre Jeremiah y tú? No puedes soltar algo así y no explicarlo.

—Te aguantas —le contesté. Contárselo a Steven sólo serviría para darle munición en mi contra. Y además, tampoco había nada que contar. En realidad, nunca había habido nada que explicar.

Conrad y Jeremiah eran los hijos de Beck. Beck era Susannah Fisher, antes Susannah Beck. Mi madre era la única que la llamaba Beck. Se conocían desde los nueve años; «hermanas de sangre» se llamaban entre sí. Y tenían cicatrices para demostrarlo, marcas idénticas en forma de corazón en las muñecas.

Susannah me contó que cuando nací supo que yo estaba hecha para uno de sus chicos. Dijo que era el destino. Mi madre, que normalmente no creía en esas cosas, dijo que sería perfecto, siempre y cuando hubiese tenido unos cuantos amores antes de sentar la cabeza. En realidad dijo «amantes», pero esa palabra me provocaba escalofríos. Susannah me puso las manos en las mejillas y dijo:

—Belly, tienes mi más rotunda bendición. No soportaría perder a mis muchachos por cualquier otra chica.

Habíamos ido a la casa de la playa de Susannah en Cousins Beach cada verano desde que era un bebé, incluso antes de que yo naciera. Para mí, Cousins no era tanto la ciudad como la casa. La casa era mi mundo. Teníamos nuestro propio tramo de playa para nosotros solos. La casa de verano estaba compuesta de muchos elementos distintos: el porche circular por el que solíamos correr, jarras de té helado, la piscina por la noche y los muchachos, los muchachos por encima de todo.

Siempre me pregunté qué aspecto tendrían los chicos en diciembre. Intentaba imaginarlos con bufandas moradas y jerséis de cuello alto, de pie con las mejillas rosadas frente a un árbol de Navidad. Pero la imagen siempre parecía falsa. No conocía al Jeremiah y al Conrad invernales, y estaba celosa de todos los que lo hacían. Yo tenía chanclas, narices quemadas por el sol, bañadores y arena. Pero ¿qué pasaba con las chicas de Nueva Inglaterra que podían hacer guerras de nieve en el bosque con ellos? Las que se arrimaban mientras esperaban a que se calentase el coche, a las que prestaban sus abrigos cuando hacía frío fuera. Bueno, quizá Jeremiah sí. Conrad no. Conrad nunca lo haría; no era su estilo. De todos modos, no me parecía justo.

Me sentaba junto al radiador en clase de historia preguntándome qué estarían haciendo, si también se estarían calentando los pies junto a una estufa en algún lugar. Contando los días hasta la llegada del verano. Para mí, era casi como si el invierno no valiese. El verano era lo que importaba. Mi vida entera se medía en veranos. Como si no empezase a vivir de verdad hasta el mes de junio, en esa playa, en esa casa.

Conrad era un año y medio mayor que Jeremiah. Era oscuro, oscuro, oscuro. Completamente inalcanzable, inaccesible. Tenía una especie de boca burlona y siempre me descubría a mí misma mirándola fijamente. Las bocas burlonas hacen que te vengan ganas de besarlas, alisarlas y borrar la burla a besos. O quizá no..., pero deseas controlarlas de algún modo. Hacerlas tuyas. Eso era justo lo que quería hacer con Conrad. Quería que fuese mía.

Jeremiah, en cambio, era mi amigo. Era bueno conmigo. El tipo de chico que todavía abrazaba a su madre, aún le daba la mano a pesar de que técnicamente era demasiado mayor para hacerlo. Tampoco le avergonzaba. Jeremiah Fisher estaba demasiado ocupado divirtiéndose como para sentir vergüenza.

Apuesto a que Jeremiah era más popular que Conrad en la escuela. Apuesto a que gustaba más a las chicas. Apuesto a que si no fuese por el fútbol americano, Conrad no sería nada del otro mundo. Sólo sería el Conrad silencioso y taciturno, no un dios del fútbol. Y eso me gustaba.

Me gustaba que Conrad prefiriese estar solo tocando la guitarra. Como si estuviese por encima de todas las estupideces de la vida en el instituto. Me gustaba pensar que si Conrad estudiase en mi instituto, no jugaría a fútbol, estaría en la revista literaria y se fijaría en alguien como yo.

Cuando llegamos por fin a la casa, Jeremiah y Conrad estaban sentados en el porche delantero. Me incliné sobre Steven y toqué el claxon dos veces, lo que en nuestro lenguaje veraniego significaba: «Venid a ayudar con las maletas, ya».

Conrad ya tenía dieciocho años. Acababa de ser su cumpleaños. Era más alto que el verano anterior, por imposible que parezca. Llevaba el pelo corto por las orejas y tan oscuro como siempre. No como Jeremiah, cuyo pelo había crecido y le hacía parecer un poco desgreñado pero en el buen sentido, como un jugador de tenis de los años 70. Cuando era más joven, su pelo era rizado y amarillo, casi de color platino en verano. Jeremiah odiaba sus tirabuzones. Durante una temporada, Conrad le convenció de que las cortezas de pan ondulaban el pelo, así que Jeremiah dejó de comer la corteza de los sándwiches. A medida que Jeremiah crecía, su pelo se iba volviendo menos ensortijado y más ondulado. Yo echaba de menos sus rizos. Susannah le llamaba su angelito y ciertamente lo parecía, con sus mejillas sonrosadas y los tirabuzones dorados. Aún conservaba las mejillas sonrosadas.

Jeremiah hizo un megáfono con las manos y gritó:

—¡Steve-o!

Yo permanecí sentada en el coche observando a Steven

acercarse a ellos y abrazarse como lo hacen los chicos. El aire olía húmedo y salado, como si fuese a llover agua de mar en cualquier momento. Yo fingía atarme los cordones, pero en realidad sólo necesitaba un momento para observarlos a ellos y a la casa, en privado. Era grande, gris y blanca, como la mayoría de las casas a lo largo de la carretera, pero mejor. Era justo como pensaba que una casa de la playa debía ser. Como un hogar.

Mi madre también salió del coche.

—¡Chicos, ¿dónde está vuestra madre?! —gritó.

—Hola, Laurel. Echando una siesta —respondió Jeremiah.

Normalmente salía volando de la casa en cuanto aparcábamos el coche.

Mi madre se acercó a ellos en tres zancadas y les abrazó, con fuerza. El abrazo de mi madre era firme y sólido como su apretón de manos. Desapareció en el interior de la casa con las gafas de sol en lo alto de la cabeza.

Salí del coche y me colgué la mochila en el hombro. Al principio no se fijaron en mí. Pero poco después lo hicieron. Conrad me echó un vistazo rápido, igual que lo hacían los chicos en el centro comercial. Nunca antes me había mirado así. Ni una sola vez. Sentí que volvía a sonrojarme como en el coche. Jeremiah, por otro lado, echó un segundo vistazo. Me miró como si no me reconociese. Todo ocurrió en unos tres segundos, pero pareció una eternidad.

Conrad me abrazó primero, un abrazo lejano, con cuidado de no acercarse demasiado. Acababa de cortarse el pelo y la piel de la nuca se veía nueva y sonrosada, como la de un bebé. Olía a océano. Olía a Conrad.

—Me gustas más con gafas —me susurró al oído.

Eso dolió. Le aparté de un empujón y dije:

—Pues lo siento. Las lentes de contacto han venido para quedarse.

Me sonrió, y esa sonrisa, simplemente, te llega. Su sonrisa siempre lo conseguía.

—Creo que te han salido algunas nuevas —dijo, dándome golpecitos en la nariz. Sabía cuánto me acomplejaban mis pecas y siempre me fastidiaba.

En ese momento, Jeremiah me agarró y casi me levanta del suelo.

—Belly Button, has crecido mucho —cacareó.

Me reí.

—Bájame. Hueles a sudor —le dije.

Jeremiah soltó una carcajada.

—La misma Belly de siempre —dijo, pero se me quedó mirando como si no estuviera del todo seguro de quién era yo. Ladeó la cabeza y dijo:

—Estás distinta, Belly.

Me preparé para la broma que vendría a continuación.

—¿Qué? Llevo lentillas. —Yo misma no estaba del todo acostumbrada a verme sin gafas. Mi mejor amiga Taylor llevaba desde sexto curso intentando convencerme de que me las pusiera y por fin le había hecho caso.

—No es eso. Es sólo que te ves diferente —sonrió.

Volví al coche y los chicos me siguieron. Lo descargamos de prisa y en cuanto terminamos, tomé mi maleta y la bolsa con los libros y me dirigí directamente a mi vieja habitación, el antiguo dormitorio de Susannah cuando era niña. Tenía un papel de pared estampado y descolorido y muebles blancos a conjunto. También había una caja de música que me encantaba. Al abrirla, aparecía una bailarina que giraba al ritmo de la canción de la película *Romeo y Julieta*, la versión antigua. Guardaba allí todas mis joyas. Todo lo que había en la habitación estaba viejo y desgastado, pero me encantaba. Sentía que podía haber secretos escondidos entre las paredes, en la cama con dosel y, especialmente, en la caja de música.

Después de volver a ver a Conrad y de que me mirase de esa forma, necesitaba un segundo para respirar. Agarré el oso polar de peluche del tocador y lo abracé con fuerza; se llamaba Junior Mint, Junior para los amigos. Me senté con Junior en la cama doble. El corazón me latía tan fuerte que podía oírlo. Todo era igual y a la vez no lo era. Me habían mirado como a una chica de verdad, no sólo como a la hermana de alguien.

Capítulo dos
12 años

La primera vez que me rompieron el corazón fue en esa casa. Tenía doce años.

Fue durante una de esas raras ocasiones en que los chicos no estaban juntos. Steven y Jeremiah hicieron una salida de pesca nocturna con otros chicos que habían conocido en el salón de videojuegos. Conrad dijo que no le apetecía ir y, como siempre, yo no estaba invitada, así que nos quedamos solos él y yo.

Bueno, no precisamente juntos, pero sí en la misma casa.

Yo estaba leyendo una novela romántica en mi habitación con los pies apoyados en la pared cuando pasó Conrad. Se detuvo y dijo:

—Belly, ¿qué haces esta noche?

Escondí con prisas la cubierta del libro.

—Nada —respondí. Intentaba mantener una voz tranquila, ni muy excitada ni muy ansiosa. Había dejado la puerta de la habitación abierta a propósito, con la esperanza de que se acercara.

—¿Quieres venir al paseo marítimo conmigo? —preguntó. Sonaba despreocupado, casi demasiado.

Era el momento que había esperado toda mi vida y por fin era lo bastante mayor. Una parte de mí lo sabía, estaba lista. Le eché un vistazo, igual de despreocupada que él un momento antes.

—Puede ser. Me apetece una manzana de caramelo.

—Te compraré una. Arréglate de prisa y nos vamos. Nuestras madres van al cine y nos llevarán —se ofreció.

Me levanté y dije:

—Vale.

En cuanto salió Conrad, cerré la puerta y corrí hacia el espejo. Me deshice las trenzas y me cepillé el pelo. Ese verano lo tenía largo, casi hasta la cintura. Después me quité el bañador y me puse unos shorts blancos y mi camisa gris favorita. Mi padre decía que hacía juego con el color de mis ojos. Me embadurné los labios de brillo de fresa y me guardé el tubo en el bolsillo, para después. En caso de que necesitara renovarlo.

En el coche, Susannah no dejaba de sonreírme por el retrovisor. Le eché una mirada que decía: «Déjalo ya, por favor», pero yo también tenía ganas de sonreír. No era que Conrad prestara demasiada atención, se pasó todo el viaje mirando por la ventanilla.

—¡Que os divirtáis! —dijo Susannah guiñándome el ojo mientras cerraba la puerta.

Conrad me compró la manzana de caramelo y él sólo se compró un refresco; normalmente se comía una o dos manzanas o un gofre. Parecía nervioso, lo que hizo que yo me sintiera menos intranquila.

Mientras paseábamos, dejé un brazo libre, por si acaso.

Pero no me dio la mano. Era una de esas noches perfectas de verano, con brisa fresca, pero sin una gota de lluvia.

—Vamos a sentarnos para que pueda comerme la manzana —dije. Y así lo hicimos.

Nos sentamos en un banco frente a la playa.

Mordí la manzana con cuidado; me preocupaba que me quedara caramelo pegado entre los dientes, y entonces ¿cómo iba a besarme?

Sorbió su coca-cola haciendo mucho ruido y después miró al reloj.

—Cuando termines, vamos a la caseta de las anillas.

¡Quería ganar un animal de peluche para mí! Yo ya sabía cuál elegir, el oso polar con las gafas de metal y la bufanda. Llevaba todo el verano echándole el ojo. Ya me imaginaba a mí misma enseñándoselo a Taylor. «Ah, ¿eso? Conrad Fisher me lo regaló.»

Engullí el resto de la manzana en dos mordiscos.

—Bien —dije mientras me limpiaba la boca con el dorso de la mano—. Vamos.

Conrad fue directamente a la caseta y yo tuve que andar superrápido para poder seguirle. Como de costumbre, no hablaba demasiado, así que empecé a hablar yo para compensar.

—Creo que cuando volvamos, mi madre pondrá por fin la tele por cable. Steven, mi padre y yo llevamos tiempo intentando convencerla. Dice que está en contra de la televisión, pero cuando estamos aquí ve las películas del canal A&E todo el rato. Es tan hipócrita —dije y mi voz se fue apagando cuando comprendí que Conrad no me escuchaba. Estaba mirando a la chica que trabajaba en la caseta.

Debía de tener unos catorce o quince años. Lo primero que me llamó la atención fueron sus shorts. Eran de color amarillo canario y muy, muy cortos. El mismo tipo de shorts que los muchachos habían usado de excusa para burlarse de mí dos días antes. Me había sentido muy bien mientras compraba los pantalones con Susannah, pero los chicos se habían reído de mí por su culpa. Los shorts le sentaban mucho mejor a ella.

Tenía las piernas delgadas y llenas de pecas, igual que los brazos. Todo lo tenía delgado, incluso los labios. Tenía el pelo largo y ondulado. Era pelirrojo, pero de un tono tan claro que era casi de color melocotón. Creo que tenía el pelo más bonito que había visto en mi vida. Lo tenía recogido a un lado y era tan largo que tenía que ir apartándoselo a medida que entregaba las anillas a los clientes.

Conrad había ido al paseo marítimo sólo por ella. Me había llevado porque no quería ir solo ni que Steven o Jeremiah le fastidiasen. Aquélla era la única explicación. Lo pude ver por cómo la miraba, por la forma en la que aguantaba la respiración.

—¿La conoces? —pregunté.

Dio un respingo, como si hubiese olvidado que yo estaba allí.

—¿A ella? No, la verdad es que no.

—¿Y bien, quieres? —Me mordí el labio.

—¿Si quiero el qué? —Conrad estaba confundido, lo que resultaba irritante.

—¿Quieres conocerla? —pregunté impaciente.

—Supongo.

Lo agarré por la manga de la camisa y lo arrastré a la caseta. La chica nos sonrió y yo le devolví la sonrisa pero sólo para mantener las apariencias. Llevaba aparatos, pero en ella ofrecían un aspecto interesante, como si fuesen joyas para los dientes y no ortodoncias.

—Queremos tres —le dije—. Me gustan tus shorts.

—Gracias —respondió.

Conrad se aclaró la garganta.

—Son bonitos.

—Pensaba que habías dicho que eran demasiado cortos cuando me puse unos exactamente iguales hace dos días. —Me volví hacia la chica y le dije—: Conrad es tan sobreprotector. ¿Tienes algún hermano mayor?

—No —se rió y le dijo a Conrad—: ¿Te parecen demasiado cortos?

Él se sonrojó. Era la primera vez que lo veía así. Miré el reloj de forma exagerada y dije:

—Con, voy a subirme a la noria antes de que nos marchemos. Gana algún premio para mí, ¿vale?

Conrad asintió, me despedí de la chica y me marché. Fui hasta la noria lo más rápido que pude para que no me vieran llorar.

Más adelante supe que la chica se llamaba Angie. Conrad acabó por ganarme el oso polar con las gafas de metal y la bufanda. Me dijo que Angie le había dicho que era el mejor premio que tenían. Dijo que creyó que me iba a gustar. Yo le respondí que habría preferido la jirafa, pero que gracias de todos modos. Lo bauticé Junior Mint y lo dejé en el lugar al que pertenecía, la casa de verano.

Capítulo tres

Después de deshacer las maletas, fui directamente a la piscina, donde sabía que iban a estar los chicos. Estaban tendidos en las tumbonas con los pies sucios colgando de los bordes.

En cuanto me vio, Jeremiah se levantó de un salto.

—Damas y caballeroooooos. Creo que es la hora de... nuestra primera plancha del verano —proclamó teatralmente a la vez que hacía una graciosa reverencia de director de circo.

Me alejé un poco de allí, incómoda. Un movimiento demasiado rápido y todo habría acabado, me habían perseguido.

—Ni soñarlo —respondí.

Conrad y Steven se pusieron de pie, rodeándome.

—No puedes romper la tradición —dijo Steven. Conrad sólo hizo una mueca malvada.

—Soy muy mayor para esto —repuse con desesperación. Retrocedí y entonces me agarraron. Steven y Jeremiah aferraron cada uno una muñeca.

—Venga ya, chicos —dije yo mientras intentaba escabullirme. Sabía que era inútil resistirme, pero siempre lo intentaba, incluso cuando en el proceso se me quemaban las suelas de los pies contra el pavimento.

—¿Lista? —dijo Jeremiah levantándome por las axilas.

Conrad me agarró de los pies y Steven del brazo derecho mientras Jeremiah se quedaba con el izquierdo. Me balancearon adelante y atrás como a un saco de harina.

—Os odio, chicos —grité por encima de sus carcajadas.

—Uno —empezó Jeremiah.

—Dos —dijo Steven.

—Y tres —acabó Conrad. Entonces me lanzaron a la piscina con ropa y todo. Golpeé la superficie con fuerza e incluso bajo el agua les oía partirse de risa.

La plancha había empezado hacía como un millón de veranos. Seguramente había sido idea de Steven. Odiaba todo aquello. A pesar de que era una de las pocas ocasiones en las que me incluían en su diversión, detestaba llevarme siempre la peor parte. Me hacían sentir completamente impotente y era un recordatorio constante de que yo era una intrusa, demasiado débil para resistirme, sólo porque era una chica. La hermana pequeña de alguien.

Antes solía llorar, iba corriendo a buscar a Susannah y a mi madre, pero resultaba inútil. Los chicos me acusaban de ser una chivata. Pero esta vez no. Esta vez iba a ser una buena perdedora. Si lo era, quizá podría arrebatarles algo de diversión.

Cuando salí a la superficie, sonreí y dije:

—Parecéis niños pequeños.

—Siempre —contestó Steven con aires de suficiencia. Su rostro engreído hizo que me entraran ganas de salpicarlo y empaparlo tanto a él como a sus gafas de sol Hugo Boss, por las que había tenido que trabajar durante tres semanas.

—Creo que me he torcido el tobillo, Conrad —dije fingiendo que me estaba costando nadar hacia ellos.

Se acercó al borde de la piscina.

—Creo que vivirás —repuso con una mueca de satisfacción.

—Ayúdame, al menos —le exigí.

Se agachó y me dio la mano.

—Gracias —le dije con una sonrisa nerviosa. A continuación, le agarré con fuerza y tiré del brazo con todas mis fuerzas. Trastabilló, cayó hacia delante y aterrizó en la piscina con un golpe incluso más fuerte que el mío. Creo que nunca me había reído tanto en toda mi vida. Igual que Jeremiah y Steven. Creo que toda la playa de Cousins nos oyó reír.

Conrad sacó la cabeza a la superficie en seguida y nadó hacia mí en dos brazadas. Me preocupaba que estuviese enfadado conmigo, pero no lo estaba, no del todo. Sonreía, aunque amenazadoramente. Le esquivé.

—No puedes atraparme. ¡Eres demasiado lento! —salmodié alegremente.

Cada vez que se acercaba, yo me alejaba nadando.

—¡Marco! —grité a la vez que se me escapaba la risa tonta.

Jeremiah y Steven, que ya volvían a la casa, dijeron:

—¡Polo!

Me reí tanto que me costaba nadar y Conrad me agarró el pie.

—Suéltame —dije jadeando sin dejar de reír.

Conrad negó con la cabeza.

—Pensaba que era muy lento —comentó nadando hacia mí. Estábamos en la zona honda de la piscina. Su camiseta blanca estaba completamente empapada y bajo ella se podía ver el rosa dorado de su piel.

De repente, se hizo una quietud extraña entre los dos. Él me seguía agarrando del pie y yo me esforzaba por mantenerme a flote. Por un segundo y sin saber por qué deseé que Jeremiah y Steven se hubieran quedado.

—Suéltame —le repetí.

Me tiró del pie, arrimándome a él. Estar tan cerca de él me hacía sentir nerviosa y mareada. Lo repetí una última vez aunque no lo decía en serio.

—Conrad, suéltame.

Lo hizo. Y entonces me hundió la cabeza bajo el agua. No importaba. De todos modos ya estaba reteniendo el aliento.

Capítulo cuatro

Susannah bajó de la siesta poco después de que nos cambiáramos, disculpándose por haberse perdido nuestra bienvenida. Aún se la veía soñolienta y tenía todo el pelo ensortijado, como el de un niño. Mi madre y ella se abrazaron primero, un abrazo largo y feroz. Mi madre estaba tan feliz de verla que tenía los ojos llorosos, y eso que mi madre nunca lloraba.

Después llegó mi turno. Susannah me envolvió en un abrazo de los que hacen que te preguntes hasta cuándo va a durar y quién se apartará primero.

—Te veo más delgada —le dije, en parte porque era cierto y en parte porque sabía que le encantaba oírlo. Siempre estaba a régimen, vigilando continuamente lo que comía. Para mí, era simplemente perfecta.

—Gracias, cariño —respondió Susannah, soltándome al fin y mirándome con un poco de distancia. Sacudió la cabeza y comentó:

—Pero ¿cuándo has crecido tanto? ¿Cuándo te has convertido en esta mujer espectacular?

Sonreí cohibida, contenta de que los chicos no pudieran oírla desde arriba.

—Estoy más o menos igual que siempre.

—Siempre has sido bonita pero, cariño, mírate. —Volvió a sacudir la cabeza con asombro—. Estás tan guapa. Ya verás, éste va a ser un verano inolvidable.

Susannah siempre hablaba en términos absolutos y cuando lo hacía sonaba como un edicto, como si fuera a cumplirse sólo porque ella así lo había dicho.

El caso es que Susannah tenía razón. Fue un verano que nunca olvidaría. El verano en que todo empezó. El verano que me volví guapa. Porque, por primera vez, así me sentía. Guapa, quiero decir. Todos los anteriores había creído que iban a ser distintos, que la vida iba a ser de otra manera. Y aquel verano por fin lo fue.

Capítulo cinco

La cena de la primera noche en la casa era siempre la misma: una gran olla de bullabesa picante que Susannah había cocinado mientras esperaba nuestra llegada. Montones de gambas, cangrejos y calamares. Sabía que me encantaba el calamar. Incluso de pequeña, lo separaba y me lo guardaba para el final. Susannah puso la olla en medio de la mesa junto a unas cuantas rebanadas crujientes de pan francés de la panadería de al lado. Cada uno tenía su bol y nos íbamos sirviendo directamente de la olla con un cucharón. Susannah y mi madre siempre tomaban vino tinto y nosotros Fanta de uva, pero esa noche había copas para todos.

—Diría que ya somos todos lo bastante mayorcitos como para participar, ¿no crees, Laur? —dijo Susannah mientras nos sentábamos.

—Yo no estaría tan segura —empezó mi madre, pero se interrumpió—. Qué más da. Vale. Soy una pueblerina, ¿verdad, Beck?

Susannah rió y destapó la botella.

—¿Tú? Nunca —contestó mientras nos servía un poco de vino a cada uno—. Es una noche especial. Es la primera noche del verano.

Conrad se bebió el vino en dos tragos. Se lo bebía como si ya estuviese acostumbrado. Supongo que pueden pasar muchas cosas a lo largo de un año.

—No es la primera noche del verano, mamá —repuso.

—Claro que lo es. El verano no empieza hasta que llegan nuestros amigos —aclaró Susannah alargando el brazo a través de la mesa para acariciar mi mano y la de Conrad.

Conrad la apartó de golpe, casi sin querer. Susannah no se dio cuenta, pero yo sí. Siempre me fijaba en Conrad.

Jeremiah también debió de notarlo porque inmediatamente cambió de tema.

—Belly, mira mi última cicatriz —dijo a la vez que se levantaba la camiseta—. Esa noche marqué tres goles. —Jeremiah jugaba a fútbol americano y estaba orgulloso de sus cicatrices de guerra.

Me incliné para echar un buen vistazo. Se trataba de una cicatriz larga que ya estaba empezando a desvanecerse, justo al final del estómago. Estaba claro que había estado entrenando. Lucía un vientre duro y plano y ni siquiera el verano anterior había tenido ese aspecto. Ahora se veía incluso más grande que Conrad.

—Vaya —dije.

—Jere sólo quiere presumir de abdominales —resopló Conrad mientras rompía un pedazo de pan y lo remojaba en su bol—. ¿Por qué no nos lo enseñas a todos y no sólo a Belly?

—Venga, enséñalos, Jere —dijo Steven, sonriendo de oreja a oreja.

Jeremiah le devolvió la sonrisa y se dirigió a Conrad:

—Lo que pasa es que estás celoso porque lo has dejado.

¿Conrad había dejado el fútbol? Aquello era nuevo para mí.

—Conrad, ¿lo has dejado, tío? —preguntó Steven. Supuse que la noticia también era nueva para él. Conrad era muy buen jugador; Susannah siempre nos enviaba los recortes de periódico en los que aparecía. Jeremiah y él habían estado juntos en el equipo durante dos años, pero Conrad era la verdadera estrella.

Conrad se encogió de hombros con indiferencia. Aún tenía el pelo húmedo de la piscina, igual que yo.

—Se hizo aburrido —respondió.

—Lo que quiere decir es que él se volvió aburrido —dijo Jeremiah.

Entonces se levantó y se quitó la camiseta.

—No está mal, ¿verdad?

Susannah echó atrás la cabeza y se puso a reír, y mi madre también.

—Siéntate, Jeremiah —dijo, apuntándole con la rebanada de pan como si fuese una espada.

—¿Tú qué opinas, Belly? —me preguntó. Parecía como si me guiñara un ojo, aunque en realidad no lo hacía.

—Nada mal —asentí tratando de no sonreír.

—Ahora es el turno de Belly para presumir —dijo Conrad burlón.

—Belly no tiene ninguna necesidad de presumir. Sólo hace falta mirarla para darse cuenta de lo guapa que está —apostilló Susannah sorbiendo un poco de vino, y me sonrió.

—¿Guapa? Sí, claro. Un precioso grano en el culo —dijo Steven.

—Steven —le advirtió mi madre.

—¿Qué? ¿Qué es lo que he dicho? —preguntó él.

—Steven es demasiado cerdo para comprender el concepto de belleza —dije con dulzura—. Oink, oink, Steven. Ten un poco de pan.

—Pues vale —dijo rompiendo un buen pedazo de corteza.

—Belly, háblanos de todas las chicas guapas que me vas a presentar —interrumpió Jeremiah.

—¿Eso no lo intentamos ya una vez? No me digas que ya te has olvidado de Taylor Jewel —respondí.

Todos se echaron a reír, incluso Conrad.

Las mejillas de Jeremiah se pusieron rojas, pero también se reía mientras negaba con la cabeza.

—Mira que eres mala, Belly. Hay un montón de chicas guapas en el club de campo, así que no te preocupes por mí. Mejor será que te preocupes de Con. Es él quien se lo está perdiendo —dijo.

El plan original era que tanto Conrad como Jeremiah trabajaran de socorristas en el club de campo. Conrad ya lo había hecho el verano anterior. Ese verano Jeremiah ya era lo bastante mayor para acompañarle, pero Conrad cambió de opinión en el último momento y, en su lugar, decidió limpiar mesas en un lujoso bufet de marisco.

Antes íbamos allí todo el tiempo. Los niños menores de doce años podían comer por veinte dólares. Mi madre siempre se aseguraba de decirle al camarero que yo tenía menos de doce. Y cada vez que lo hacía me entraban ganas de desaparecer. En esos momentos habría querido ser invisible. Los chicos no le daban demasiada importancia, aunque podrían haberlo hecho fácilmente; pero lo que realmente odiaba era la sensación de ser diferente, de no encajar. No soportaba que me señalaran. Sólo deseaba ser como ellos.

Capítulo seis
10 años

Desde el primer día, los chicos formaron su pandilla. Conrad era el líder. Su palabra era básicamente la ley. Steven era su segundo y Jeremiah era el bufón. Esa primera noche, Conrad decidió que los chicos iban a pasar la noche en la playa con sacos de dormir y encender una fogata. Era un boy scout, sabía de todo sobre ese tipo de cosas.

Yo les observaba hacer planes con envidia. Especialmente cuando guardaron las galletas y las nubes de golosina. «No os llevéis la caja entera», quería decirles. Pero no lo hice, no tenía ningún derecho. Ni siquiera estaba en mi casa.

—Steven, no te dejes la linterna —ordenó Conrad. Steven asintió en seguida. Nunca antes le había visto seguir órdenes. Admiraba a Conrad, que era ocho meses mayor que él, siempre había sido así.

Todos tenían a alguien excepto yo. Deseé estar en casa, preparando helados de sirope de caramelo con mi padre, para luego comerlos sentados en el suelo del salón.

—Jeremiah, no te olvides las cartas —añadió Conrad, enrollando el saco de dormir.

Jeremiah le hizo un saludo militar y después un pequeño baile que me hizo reír. Entonces dijo:

—Señor, sí, señor. —Se volvió hacia mí y comentó—: Conrad es tan mandón como nuestro padre, pero no tienes que hacerle caso.

El hecho de que Jeremiah hablase conmigo me dio el coraje necesario para preguntar:

—¿Puedo acompañaros?

Steven contestó al instante:

—No. Sólo chicos. ¿Verdad, Con?

Conrad vacilaba.

—Lo siento, Belly —dijo, y por un segundo, quizá dos, pareció sentirlo de verdad. Después siguió enrollando el saco de dormir.

Me volví de cara al televisor.

—Está bien. Tampoco quiero ir.

—Ooh, cuidado, Belly va a llorar —dijo Steven con alegría. A Jeremiah y a Conrad les dijo—: Cuando no se sale con la suya, llora. Nuestro padre siempre pica.

—¡Cállate, Steven! —grité. Me preocupaba ponerme a llorar de verdad. Lo último que necesitaba era convertirme en una llorica durante nuestra primera noche en la casa. En ese caso ya nunca me dejarían acompañarles.

—Belly va a llorar —canturreó Steven.

Entonces, él y Jeremiah empezaron a bailar juntos.

—Dejadla en paz —dijo Conrad.

Steven se detuvo.

—¿Qué? —dijo, confuso.

—Sois tan inmaduros... —comentó Conrad sacudiendo la cabeza.

Les observé recoger sus cosas y prepararse para salir.

Estaba a punto de perder mi oportunidad de ir de acampada, de formar parte de la pandilla.

—Steven, si no me dejas ir se lo diré a mamá —dije en seguida.

Steven hizo una mueca.

—No lo harás. Mamá no soporta que seas una chivata.

Era verdad, mi madre odiaba que me chivara de Steven por cosas así. Decía que necesitaba su tiempo a solas, que podría ir la próxima vez, que lo pasaría mejor en casa con Beck y con ella. Me hundí en el sofá con los brazos cruzados. Había perdido mi oportunidad. Ahora sólo parecía una chivata y una niña pequeña.

Mientras salía, Jeremiah se dio la vuelta e hizo un baile rápido para mí; no pude evitar sonreír. Conrad dijo por encima del hombro:

—Buenas noches, Belly.

Y eso fue todo. Me había enamorado.

Capítulo siete

No me di cuenta en seguida de que su familia era más rica que la nuestra. La casa de la playa no era un lugar especialmente lujoso. Era una casa cómoda que rebosaba vida. Tenía sofás con fundas de algodón desgastadas y butacas reclinables que chirriaban y por las que siempre nos peleábamos; pintura blanca desconchada y suelos de madera desteñidos por el sol.

Pero era una casa grande, con espacio suficiente para todos nosotros e incluso más gente. Habían hecho una ampliación hacía unos años. A un lado estaban la habitación de mi madre, la de Susannah y el señor Fisher y una habitación de invitados vacía. Al otro, estaban mi habitación, otra habitación de invitados y la que compartían los chicos y que tan celosa me ponía. Solían tener una litera y una cama doble en esa habitación y yo no soportaba tener que dormir sola cuando podía escucharles reír y susurrar toda la noche en el cuarto de al lado. Los chicos me dejaron dormir allí un par de veces, pero sólo cuando tenían una historia especialmente truculenta que contar.

Yo era un buen público; siempre chillaba en el momento adecuado.

Al hacerse mayores, los chicos dejaron de compartir habitación. Steven empezó a quedarse en el lado de los padres y Jeremiah y Conrad tenían sendas habitaciones en mi lado. Los chicos y yo habíamos compartido un mismo baño desde el principio. El nuestro estaba en nuestra parte de la casa, mi madre tenía el suyo y el de Susannah estaba conectado con el dormitorio principal. Había dos lavabos, Jeremiah y Conrad compartían uno y Steven y yo el otro.

Cuando éramos pequeños, los niños nunca bajaban la tapa y aún ahora seguían sin hacerlo. Era un recordatorio constante de que yo era distinta, de que no era uno de ellos. Aunque algunos detalles habían ido cambiando. Antes dejaban agua por todas partes porque se salpicaban entre ellos o porque eran descuidados. Ahora que se afeitaban, dejaban pelos por todo el lavabo. El armario estaba lleno de desodorantes distintos, cremas de afeitar y colonia.

Tenían más colonias que yo perfume (una botella rosa de perfume francés que mi padre me había regalado por Navidad a los trece años). Olía a vainilla, azúcar tostado y limón. Creo que su novia universitaria lo había escogido. A él no se le daban bien ese tipo de cosas. En cualquier caso, yo no dejaba mi perfume en el baño, mezclado con todas sus cosas. Lo guardaba en el tocador de mi dormitorio aunque nunca me lo ponía. No sabía ni siquiera por qué lo había llevado.

Capítulo ocho

Después de cenar me quedé en el piso de abajo sentada en el sofá con Conrad. Él estaba frente a mí, rasgueando las cuerdas de la guitarra con la cabeza inclinada hacia delante.

—Me he enterado de que tienes novia. Dicen que va en serio —comenté.

—Mi hermano es un bocazas —respondió.

Aproximadamente un mes antes de venir a Cousins, Jeremiah había llamado a Steven. Estuvieron al teléfono un buen rato y yo me escondí tras la puerta del dormitorio de Steven para escucharlos. Steven no habló mucho, pero sonaba como una conversación seria. Entré sin llamar y le pregunté de qué hablaban. Steven me acusó de ser una espía entrometida y al final me explicó que Conrad tenía novia.

—¿Y cómo es? —No le miré cuando lo dije. Tenía miedo de que notara cuánto me importaba.

Conrad se aclaró la garganta.

—Hemos roto —respondió.

Casi suelto un pequeño chillido. El corazón me dio un salto.

—Tu madre tiene razón, eres un rompecorazones. —Quería que sonara como una broma, pero las palabras resonaron en mi cabeza y en el aire como una declaración.

Conrad dio un respingo.

—Me plantó ella —respondió tajante.

No podía comprender que alguien pudiese romper con Conrad. De repente, su novia se había convertido en una persona real y atractiva dentro de mi cabeza.

—¿Cómo se llama?

—¿Y eso qué importa? —dijo con voz áspera. Y después añadió—: Aubrey. Se llama Aubrey.

—¿Por qué rompió contigo? —No podía evitarlo, tenía mucha curiosidad. ¿Quién era esa chica? Me la imaginaba pálida, rubia y con ojos de color turquesa, una chica con cutículas perfectas y uñas ovaladas. Yo siempre las llevaba cortas para tocar el piano, incluso después de dejarlo las seguía llevando cortas porque ya estaba acostumbrada a ello.

Conrad apartó la guitarra con la mirada perdida y aire taciturno.

—Me dijo que yo había cambiado.

—¿Y es así?

—No lo sé. Todo el mundo cambia. Tú lo has hecho.

—¿En qué he cambiado?

Se encogió de hombros y volvió a tomar la guitarra.

—Como te he dicho, todo el mundo cambia.

Conrad empezó a tocar la guitarra en la escuela. No me gustaba cuando se ponía a tocar. Se sentaba allí y rasgueaba las cuerdas ausente. Tarareaba para sí y era como si se encontrase en otro lugar. Nosotros veíamos la tele o jugábamos a las cartas mientras él practicaba con la guitarra en su habitación.

—Escucha esto —me dijo una vez, tirando de sus auriculares, de modo que yo tenía uno y él tenía el otro y nuestras cabezas se tocaban—. ¿A que es increíble?

Era Pearl Jam. Conrad estaba tan feliz y maravillado que parecía que hubiese descubierto la banda él solo. Nunca los había escuchado antes, pero en ese momento me pareció la mejor canción que había oído nunca. Salí a comprar *Ten* y lo escuché una vez tras otra. Siempre que escuchaba la pista cinco, «Black», era como si reviviese aquel momento mágico.

Después del verano, cuando volví a casa, fui a la tienda de música y compré la partitura y aprendí a tocarla en el piano. Pensaba que algún día podría acompañar a Conrad y podríamos ser como una especie de banda. Pero aquello era una estupidez, la casa de verano ni siquiera tenía piano. Susannah intentó conseguir uno para que yo pudiese practicar, pero mi madre no se lo permitió.

Capítulo nueve

Las noches en las que no podía dormir, bajaba a escondidas para nadar en la piscina. Hacía largos hasta que ya no podía más. Cuando volvía a la cama, notaba un dolor agradable en los músculos, los sentía temblorosos, pero también relajados. Me encantaba taparme con las toallas de playa azules de Susannah, subir de puntillas y dormirme con el pelo todavía húmedo. Se dormía tan bien después de haber estado en el agua. No hay nada mejor en el mundo.

Dos veranos atrás, Susannah me había encontrado en la piscina y, algunas noches, nadaba conmigo. Yo me sumergía y la sentía lanzarse y empezar a nadar en la otra punta de la piscina. No hablábamos, sólo nadábamos, pero era reconfortante tenerla cerca. Ésas eran las únicas ocasiones durante todo el verano en las que podía verla sin su peluca.

Por aquel entonces, por culpa de la quimio, Susannah se la ponía siempre. Nadie la veía sin ella, ni siquiera mi madre. Susannah había tenido un pelo precioso. Largo, de color caramelo y suave como el algodón de azúcar. La peluca no era ni mucho menos tan bonita, y eso que era de pelo humano; la mejor que se podía comprar con dinero. Después de la quimio y de que le volviese a crecer el pelo, se lo dejó corto, justo por debajo de la barbilla. Le quedaba bien, pero no era lo mismo. Al verla ahora, nadie podría imaginarse cómo era antes, con el pelo largo como el de una adolescente, como el mío.

Esa primera noche de verano no pude dormir. Siempre tardaba una o dos noches en volverme a acostumbrar a la cama, aunque había dormido allí prácticamente todos los veranos de mi vida. Me estuve revolviendo en la cama durante un rato hasta que ya no pude soportarlo más. Me puse el bañador de mi antiguo equipo de natación, un bañador cruzado con rayas doradas que ya casi no me entraba. Iba a ser mi primer chapuzón nocturno del verano.

Cuando nadaba sola de noche, todo me parecía mucho más claro. Escuchar mi propia respiración me hacía sentir tranquila, segura y fuerte. Como si pudiese nadar para siempre.

Hice unas cuantas piscinas, pero a la cuarta vuelta, al dar la voltereta para girar, noté algo sólido. Salí a respirar y vi que era la pierna de Conrad. Estaba sentado en el borde de la piscina con los pies colgando en el interior.

Me había estado observando todo el tiempo, fumando un cigarrillo.

Dejé que el agua me cubriera hasta la barbilla, súbitamente consciente de lo pequeño que me iba el bañador. No pensaba salir del agua mientras él estuviese allí.

—¿Cuándo empezaste a fumar? —le pregunté en tono acusador—. ¿Y qué estás haciendo aquí?

—¿A qué pregunta quieres que conteste primero? —Tenía esa expresión entre divertida y condescendiente tan típica de Conrad, la que me volvía loca.

Nadé hasta la pared de la piscina y apoyé los brazos en el borde.

—La segunda.

—No podía dormir, así que he salido a dar un paseo —dijo encogiéndose de hombros. Era mentira. Sólo había salido a fumar.

—¿Cómo sabías que estaba aquí fuera? —pregunté.

—Siempre nadas de noche, Belly. Venga ya. —Echó otra calada al cigarrillo.

¿Sabía que nadaba de noche? Pensaba que era mi secreto, mío y de Susannah. Me pregunté si los demás también lo sabrían. No sé por qué me importaba tanto, pero así era.

—Bueno, vale. Entonces, ¿cuándo empezaste a fumar?

—No sé. Quizá el año pasado. —Se estaba haciendo el despistado a propósito. Era exasperante.

—Pues no deberías. Tendrías que dejarlo ahora mismo. ¿Estás enganchado?

—No —se rió.

—Entonces déjalo. Si quieres, sé que puedes hacerlo. —Si quería, yo sabía que podía hacer cualquier cosa.

—Puede que no quiera.

—Deberías hacerlo, Conrad. Fumar es malo para ti.

—¿Qué me das si lo hago? —me preguntó con aire provocador.

Sostenía el cigarrillo en el aire, justo encima de la lata de cerveza.

El ambiente cambió de repente. Estaba cargado, electrizado, como si me hubiese caído un rayo encima. Solté el borde de la piscina y me alejé nadando. Cuando le respondí, tuve la sensación de que había transcurrido una eternidad.

—Nada. Deberías dejarlo por tu propio bien —le dije.

—Tienes razón —contestó, y el momento acabó. Se levantó y apagó el cigarrillo en la lata—. Buenas noches, Belly. No te quedes hasta tarde. Nunca se sabe qué monstruos pueden salir de noche.

Las cosas volvían a la normalidad. Le salpiqué las piernas mientras se alejaba.

—Que te den —le dije a su espalda.

Tiempo atrás, Conrad, Jeremiah y Steven me habían convencido de que un asesino de niños andaba suelto y que le gustaban las niñitas regordetas de pelo castaño y ojos de un azul grisáceo.

—¡Espera! ¡¿Lo vas a dejar o no?! —grité.

No me respondió. Sólo rió. Se notaba por la forma en que movía los hombros mientras cerraba la puerta.

Después de su marcha, me quedé flotando en el agua. Sentía el latido de mi corazón en los oídos. Sonaba veloz-veloz-veloz como un metrónomo. Conrad no era el mismo de siempre. Había notado algo durante la cena, antes incluso de que me contara lo de Aubrey. Había cambiado. Y, sin embargo, me seguía afectando de la misma forma. Me sentía como si estuviese en lo alto de una montaña rusa, justo antes de lanzarme por la primera pendiente.

Capítulo diez

—Belly, ¿has llamado ya a tu padre? —me preguntó mi madre.

—No.

—Creo que deberías llamarle y explicarle cómo te encuentras.

Puse los ojos en blanco.

—Dudo mucho que esté sentado en casa preocupándose por cómo me encuentro.

—Igualmente.

—Y bien, ¿has obligado a Steven a llamarle? —repliqué.

—No, no lo he hecho —dijo con tono imparcial—. Steven y tu padre están a punto de pasar dos semanas juntos visitando universidades. Tú, en cambio, no le verás hasta finales de verano.

¿Por qué tenía que ser siempre tan razonable? Siempre pasaba lo mismo. Mi madre era la única persona que conocía capaz de sobrellevar un divorcio de forma razonable.

Se levantó y me entregó el teléfono.

—Llama a tu padre —dijo, saliendo de la habitación, en un intento de darme un poco de privacidad. Como si tuviese algún secreto que no pudiese contarle delante de ella.

No le llamé. Volví a dejar el teléfono en su lugar. Era él quien debería llamarme y no al revés. Él era el padre; yo sólo era la hija. Y de todos modos, la casa de verano no era lugar para los padres. Ni el mío, ni el señor Fisher. Claro que venían de visita de vez en cuando, pero éste no era su sitio. No pertenecían a la casa como hacíamos nosotros.

Capítulo once
9 años

Estábamos jugando a las cartas en el porche y mi madre y Susannah estaban bebiendo margaritas y jugando su propia partida. Empezaba a oscurecer y pronto las madres tendrían que entrar a cocinar el maíz y los perritos calientes. Pero todavía no había llegado el momento; primero jugaban a las cartas.

—Laurel, ¿por qué llamas Beck a mi madre si todo el mundo la llama Susannah? —quiso saber Jeremiah.

Él y mi hermano Steven formaban un equipo e iban perdiendo. Los juegos de cartas aburrían a Jeremiah y siempre andaba buscando algo más interesante que hacer, algo de lo que hablar.

—Porque su nombre de soltera es Beck —explicó mi madre, apagando un cigarrillo. Sólo fumaban cuando estaban juntas, así que se trataba de una ocasión especial. Mi madre decía que fumar con Susannah le hacía volver a sentir joven. Yo le contestaba que acortaría varios años su esperanza de vida, pero ella hacía caso omiso de mis preocupaciones y me llamaba aguafiestas.

—¿Qué es eso del nombre de soltera? —preguntó Jeremiah. Mi hermano le dio un golpecito en las cartas para que se concentrara en la partida, pero Jeremiah no le hizo caso.

—Es el nombre de una señora antes de que se case, idiota —repuso Conrad.

—No le llames idiota, Conrad —dijo Susannah de forma automática mientras ordenaba sus cartas.

—Pero ¿por qué tienen que cambiarse de nombre? —se preguntó Jeremiah.

—No tienen por qué. Yo no lo hice. Mi nombre es Laurel Dunne, el mismo que cuando nací. Está bien, ¿verdad que sí? —A mi madre le gustaba presumir ante Susannah de no haberse cambiado de nombre—. Después de todo, ¿por qué tiene que cambiarse de nombre una mujer por culpa de un hombre? No debería ser así.

—Laurel, cállate ya —dijo Susannah, echando unas cuantas cartas sobre la mesa—. Gin.

Mi madre suspiró y también soltó sus cartas.

—No quiero seguir jugando al Gin. Juguemos a otra cosa. Juguemos a Go fish con los chicos.

—Mala perdedora —dijo Susannah.

—Mamá, no estamos jugando a Go fish. Estamos jugando a Corazones y tú no puedes jugar porque siempre intentas hacer trampas —intervine yo.

Conrad era mi pareja y estaba bastante segura de que íbamos a ganar. Lo había escogido a propósito. A Conrad se le daba bien ganar. Era el que nadaba más rápido, el mejor con la tabla de bodyboard y siempre, siempre ganaba a las cartas.

Susannah dio una palmada con las manos y se puso a reír.

—Qué bien te conoce está niña, Laur.

Mi madre dijo:

—No, Belly es hija de su padre. —E intercambiaron una mirada furtiva que me dio ganas de preguntar «¿Qué? ¿Qué?». Pero sabía que mi madre nunca me lo iba a contar. Era una especialista en guardar secretos, siempre lo había sido. Y supuse que también era cierto lo que decía, me parecía a mi padre: tenía sus ojos, que se elevaban un poco en las comisuras, una versión de niña pequeña de su nariz y su barbilla prominente. Lo único que tenía de mi madre eran las manos.

El momento pasó y Susannah me sonrió y dijo:

—Tienes toda la razón, Belly. Tu madre hace trampas. Siempre ha hecho trampas con los corazones. Los tramposos nunca prosperan, niños.

Susannah siempre nos llamaba niños, pero aquello no me importaba. Normalmente lo haría, pero el modo en que lo decía Susannah no sonaba como algo malo, ni como si fuésemos pequeños o aniñados. Al contrario, sonaba como si tuviésemos toda la vida por delante.

Capítulo doce

El señor Fisher aparecía de vez en cuando a lo largo del verano, algún fin de semana aislado, siempre a principios de agosto. Era banquero, y escaparse durante un período largo era, según él, simplemente imposible. Además, era mejor cuando estábamos nosotros solos. Las raras ocasiones en las que el señor Fisher venía, siempre andaba un poco más erguida. Todos los hacíamos. Bueno, excepto Susannah y mi madre, claro. Lo curioso es que mi madre había conocido al señor Fisher el mismo tiempo que Susannah; los tres habían estudiado juntos en la universidad y su facultad era bastante pequeña.

Susannah siempre me decía que llamase «Adam» al señor Fisher, pero nunca fui capaz de hacerlo. Sonaba mal. Señor Fisher sonaba mucho mejor y así era como Steven y yo le llamábamos. Creo que había algo en él que empujaba a la gente a que le llamaran señor, y no sólo los niños. Creo que también él lo prefería así.

Llegaba el viernes por la noche a la hora de cenar y nosotros le esperábamos a la mesa. Susannah preparaba su bebida favorita y la tenía lista para su llegada: ginger ale con bourbon Maker's Mark. Mi madre se burlaba de ella por esperarlo, pero a Susannah no le importaba. De hecho, mi madre también se burlaba del señor Fisher. Él también se burlaba de ella, aunque quizá burlarse no sea la palabra adecuada. Era más bien como una riña de niños. Reñían mucho, pero también sonreían. Era extraño: mi madre y mi padre apenas discutían, pero tampoco sonreían mucho.

Supongo que el señor Fisher era bastante guapo, al menos para ser un padre. Era más guapo que el mío, desde luego, pero también más vanidoso. Aunque no sé si su atractivo podía compararse con la belleza de Susannah; posiblemente sí pero yo quería a Susannah prácticamente más que a nadie, ¿y qué puede compararse con algo así? A veces es como si la gente fuera un millón de veces más bella en tu cabeza. Como si los vieses a través de una lente especial; aunque quizá si los ves de ese modo es porque son así en realidad. Es como la historia del árbol que cae en el bosque.

El señor Fisher nos daba un billete de veinte cada vez que salíamos. Conrad era siempre el encargado de conseguirlo.

—Para un helado —decía—. Compraos algo dulce. —Algo dulce. Siempre era algo dulce. Conrad lo adoraba. Su padre era su héroe. Creo que mi padre dejó de ser mi héroe cuando le vi con una de sus estudiantes de doctorado, después de separarse de mi madre. Ni siquiera era guapa.

Sería fácil culpar a mi padre por todo: el divorcio, el apartamento nuevo. Pero si tuviese que culpar a alguien, sería a mi madre. ¿Por qué tenía que ser tan tranquila y apacible? Al menos mi padre lloró. Al menos sufría. Mi madre no dijo ni una palabra. Nuestra familia se rompió y ella siguió adelante. Y eso no era lo correcto.

Cuando volvimos a casa después del verano, mi padre ya se había mudado; sus primeras ediciones de Hemingway, su ajedrez, sus CD de Billy Joel, *Claude*. *Claude* era su gato y le pertenecía sólo a él. Era lógico que se lo llevase. Aunque eso me entristeció. La marcha de *Claude* era incluso peor que la de mi padre, porque *Claude* era un rasgo permanente de la casa por el modo en el que habitaba cada espacio. Era como si la casa le perteneciera.

Mi padre me llevó a comer al restaurante Applebee's y me dijo en tono de disculpa:

—Siento haberme llevado a *Claude*. ¿Lo echas de menos?

Durante toda la comida, tuvo salsa en la barba que se había dejado crecer. La barba, la comida, todo era irritante.

—No —dije sin poder levantar la vista de mi sopa francesa de cebolla—. Es tuyo de todas formas.

Así que mi padre se quedó con *Claude* y mi madre con Steven y conmigo. Todos salimos ganando. Veíamos a mi padre la mayoría de fines de semana. Nos quedábamos en su apartamento que olía a moho, por mucho incienso que encendiera.

Yo no soportaba el incienso y mi madre tampoco. Me hacía estornudar. Creo que mi padre se sentía exótico e independiente encendiendo todo el incienso que quería en su nueva «guarida», como él llamaba a su casa. En cuanto puse el pie en el apartamento, le dije en tono acusador:

—¿Has encendido incienso aquí dentro? —¿Se había olvidado ya de mi alergia?

Mi padre admitió con rostro culpable que sí, que había encendido incienso pero que no lo volvería a hacer. Aunque seguía encendiéndolo en la ventana.

Era un apartamento de dos habitaciones; él dormía en el dormitorio principal y yo en la otra habitación, en una pequeña cama doble con sábanas rosa. Mi hermano dormía en un sofá plegable del que yo estaba celosa porque podía quedarse despierto hasta tarde viendo la televisión. Lo único que había en mi habitación era mi cama y un tocador blanco del que sólo usaba un cajón para guardar mi ropa. El resto estaba vacío. También había una estantería con los libros que mi padre me había comprado. Mi padre siempre me estaba comprando libros. Seguía esperando que me volviese tan lista como él, alguien que amase leer. A mí me gustaba leer, pero no del modo en que él quería. No como un estudioso. Me gustaban las novelas, no los ensayos. Y odiaba esas sábanas rosa tan rasposas. Si me lo hubiese pedido, le habría dicho que las quería amarillas.

Aunque se esforzaba a su manera. Compró un piano de segunda mano y lo embutió en el comedor, sólo para mí. Para que pudiese practicar incluso cuando me quedaba con él, dijo. Aunque casi nunca lo hacía; el piano estaba desafinado y nunca tuve el coraje de decírselo.

En parte era por eso por lo que anhelaba la llegada del verano. Significaba que no tenía que quedarme en el triste y diminuto apartamento de mi padre. No era que no me gustase verlo, lo echaba mucho de menos, pero el apartamento era deprimente. Deseaba verle en nuestra casa. Nuestra verdadera casa. Deseaba que todo volviese a ser como antes.

Como mi madre se quedaba con nosotros la mayor parte del verano, a la vuelta mi padre nos llevaba a Steven y a mí de viaje. Normalmente a Florida a ver a nuestra abuela. La llamábamos Abu. El viaje también era deprimente; Abu pasaba todo el tiempo intentando convencer a mi padre de que volviese con mi madre, a la que adoraba.

—¿Has hablado con Laurel últimamente? —le preguntaba, incluso mucho tiempo después del divorcio.

Yo odiaba oír cómo le incordiaba sobre el tema; como si él pudiera hacer algo. Era humillante porque fue mi madre la que rompió con él. Ella había precipitado el divorcio, forzándolo todo, de eso estaba segura. Mi padre habría estado perfectamente satisfecho siguiendo como siempre, viviendo en nuestra casa azul de dos pisos con *Claude* y todos sus libros.

Mi padre me dijo una vez que Winston Churchill había afirmado que Rusia era un acertijo envuelto en un misterio dentro de un enigma. Según mi padre, Churchill se refería a mi madre. Esto ocurrió antes del divorcio y lo dijo en un tono entre amargado y respetuoso. Porque incluso cuando la odiaba, seguía admirándola.

Creo que se habría quedado a su lado para siempre intentando resolver el misterio. Le gustaba resolver rompecabezas, era el tipo de persona que disfruta con los teoremas. La X siempre tenía que equivaler a algo. No podía ser una simple X.

A mí, mi madre no me parecía tan misteriosa. Era mi madre. Siempre razonable, siempre segura de sí misma. Para mí, era tan misteriosa como un vaso de agua. Sabía lo que quería y sabía lo que no quería. Y lo que no quería era seguir casada con mi padre. No estoy segura de si dejó de estar enamorada de él o es que nunca lo estuvo. Enamorada, quiero decir.

Cuando estábamos con la abuela, mi madre se iba a uno de sus viajes. Iba a sitios lejanos como Hungría o Alaska. Siempre sola. Hacía fotos, pero nunca le pedía que me las enseñara, y ella nunca me preguntaba si quería verlas.

Capítulo trece

Estaba sentada en el porche comiendo una tostada y leyendo una revista cuando salió mi madre y se sentó a mi lado. Tenía la cara seria y la mirada de determinación que siempre adoptaba cuando quería tener una charla madre-hija conmigo. Temía esas charlas tanto como tener la regla.

—¿Qué piensas hacer hoy? —me preguntó con indiferencia.

Me metí el resto de la tostada en la boca.

—¿Esto?

—Podrías empezar con las lecturas de verano para la clase de inglés —dijo extendiendo el brazo y limpiándome unas migas de la barbilla.

—Sip, lo tenía pensado —le contesté, aunque no era verdad.

Mi madre se aclaró la garganta.

—¿Conrad está tomando drogas? —me preguntó.

—¿Qué?

—¿Conrad está tomando drogas?

Casi me atraganto.

—¡No! ¿Y por qué me lo preguntas a mí? Conrad no habla conmigo. Pregúntale a Steven.

—Ya lo hice. No lo sabe. No me mentiría —dijo mirándome fijamente.

—¡Y yo tampoco!

Mi madre suspiró.

—Lo sé. Beck está preocupada. Actúa de forma de extraña. Ha dejado el fútbol...

—Yo dejé la danza —le respondí, poniendo los ojos en blanco—. Y no me ves corriendo por ahí con una pipa de crack.

Frunció los labios.

—¿Me prometes que me lo contarás si te enteras de algo?

—No lo sé... —le dije en broma. No hacía falta prometer nada. Sabía que Conrad no tomaba drogas. Apostaría mi vida en ello.

—Belly, estoy hablando en serio.

—Tranquila, mamá. No toma drogas. Además, ¿desde cuándo te has convertido en una policía antidrogas? Mira quién habla. —Le di un codazo juguetón.

Reprimió una sonrisa y sacudió la cabeza.

—No empieces.

Capítulo catorce
13 años

La primera vez que lo hicieron, pensaban que no lo sabíamos. La verdad es que se comportaron de forma bastante estúpida porque fue durante una de esas extrañas noches en las que estábamos todos juntos en el salón. Conrad escuchaba música con los auriculares puestos y Jeremiah y Steven estaban jugando a un videojuego. Yo estaba en el sillón reclinable leyendo *Emma* —básicamente porque pensaba que me hacía parecer lista, no porque me gustase—. Si estuviese leyendo de verdad, estaría encerrada en mi habitación con una novela romántica o algo por el estilo y no con Jane Austen.

Creo que Steven fue el primero en darse cuenta. Echó un vistazo alrededor, olisqueó como un perro y dijo:

—¿Oléis eso?

—Te avisé de que no te comieras todas las judías, Steven —dijo Jeremiah con los ojos fijos en la pantalla del televisor.

Me reí por lo bajo, pero no eran gases; yo también lo olía. Era hierba.

—Es hierba —declaré en voz alta. Quería ser la primera en decirlo para demostrar lo sofisticada y entendida que era.

—No puede ser —dijo Jeremiah.

Conrad se quitó los auriculares y dijo:

—Belly tiene razón. Es hierba.

Steven puso el juego en pausa y se volvió para mirarme.

—¿Cómo sabes a qué huele la hierba, Belly? —me preguntó con aire de sospecha.

—Porque, Steven, me coloco todo el tiempo. Soy una yonqui. ¿No lo sabías? —Odiaba que Steven se pusiera en plan hermano mayor, especialmente delante de Conrad y Jeremiah. Era como si intentase hacerme sentir pequeña a propósito. No me hizo caso.

—¿Viene de arriba?

—Es de mamá —dijo Conrad, y se volvió a poner los auriculares—. Por lo de la quimio.

Jeremiah no lo sabía, se notaba en seguida. No dijo nada, pero parecía confundido e incluso herido por la forma en que se rascó el cuello y se quedó mirando a la nada durante un minuto. Steven y yo intercambiamos miradas. Cada vez que el cáncer de Susannah salía a relucir, nos sentíamos incómodos, como dos extraños. No sabíamos qué decir, así que permanecíamos callados. En general, fingíamos que no pasaba nada, igual que Jeremiah.

Mi madre, no. Se mostraba práctica y sosegada, como siempre. A mi madre se le daba bien eso, hacer que los demás se sintieran normales, seguros. Mientras ella estuviese allí, no podía ocurrir nada malo de verdad.

Cuando bajaron al cabo de un rato, tenían la risita tonta, como un par de adolescentes que hubiesen abierto a hurtadillas el mueble bar de sus padres. Estaba claro que mi madre había compartido el alijo de Susannah.

Steven y yo intercambiamos otra mirada, pero esta vez era de horror. Probablemente, mi madre era la última persona en el planeta que fumaría hierba, con la excepción de la abuela.

—¿Os habéis comido todos los Cheetos? —preguntó mi madre, hurgando en la despensa—. Estoy muerta de hambre.

—Sí —dijo Steven. Ni tan sólo se atrevía a mirarla.

—¿Qué pasa con la bolsa de Fritos? Tráela —ordenó Susannah, colocándose detrás de mi butaca. Me acarició el pelo con delicadeza, cosa que me encantaba. Susannah era mucho más afectuosa que mi madre en ese sentido, siempre se refería a mí como la hija que nunca tuvo. Le encantaba compartirme con mi madre, y a ninguna de las dos nos importaba.

—¿Te está gustando *Emma*? —me preguntó.

Susannah tenía una forma única de centrarse en ti que te hacía sentir la persona más interesante de la habitación.

Abrí la boca para mentir y explicarle cuán fantástica me parecía, pero antes de que pudiese hacerlo, Conrad dijo en voz muy alta:

—Hace más de una hora que no pasa de página. —Todavía llevaba los auriculares puestos.

Le eché una mirada enfurecida, pero por dentro estaba emocionada de que se hubiese fijado en mí. Por una vez, era él quien lo hacía. Aunque era normal que se fijara, él se daba cuenta de todo. Conrad se daría cuenta si el perro del vecino tuviese más legañas en el ojo derecho que en el izquierdo, o si el repartidor de pizzas condujese una moto distinta. No era ningún cumplido que Conrad se fijara en ti. Era un simple hecho.

—En cuanto se anime, te encantará —me aseguró Susannah, apartándome el flequillo de la frente.

—Siempre tardo un poco en meterme de verdad en un libro —le respondí en tono de disculpa. No quería que se sintiese mal, ya que era ella la que me lo había recomendado.

Entonces mi madre entró en la habitación con una bolsa de regaliz roja y otra bolsa a medio comer de Fritos. Le lanzó la bolsa de regaliz a Susannah y gritó:

—¡Atrapa!

Susannah fue a por la bolsa, pero le cayó al suelo y no paró de reír mientras la recogía.

—Qué torpe —dijo, mientras mordía una punta como si fuese una brizna de paja y ella una pueblerina—. No sé qué me ha dado.

—Mamá, ya sabemos que estabais fumando hierba arriba —dijo Conrad, moviendo la cabeza al ritmo de una música que sólo él podía oír.

Susannah se tapó la boca con la mano. No dijo nada, pero parecía estar muy disgustada.

—Ups —dijo mi madre—. Creo que nos han pillado, Beck. Chicos, vuestra madre ha estado tomando marihuana terapéutica para aliviar las náuseas de la quimio.

Sin apartar la vista de la televisión, Steven repuso:

—¿Y tú qué, mamá? ¿También te estás engrifando por la quimio?

Sabía que estaba intentando relajar el ambiente, y funcionó. A Steven se le daba bien eso.

Susannah reprimió una carcajada y le lanzó un trozo de regaliz a la cabeza.

—Eres un listillo. Le estoy ofreciendo mi apoyo moral a mi mejor amiga en el mundo entero. Hay cosas peores.

Steven recogió el pedazo de regaliz y le quitó un poco el polvo antes de metérselo en la boca.

—Entonces ¿está bien si yo también fumo?

—Cuando tengas cáncer de pecho —le respondió mi madre, intercambiando una sonrisa con Susannah, su mejor amiga en el mundo entero.

—O cuando lo tenga tu mejor amiga —dijo Susannah.

Durante todo ese tiempo, Jeremiah no abrió la boca. Miraba a Susannah y de vuelta al televisor una y otra vez, como si temiese que se fuera a desvanecer mientras le daba la espalda.

Nuestras madres pensaban que estábamos todos en la playa esa tarde. No sabían que Jeremiah y yo nos habíamos aburrido y habíamos vuelto a la casa a picar algo. Mientras subíamos los escalones del porche, las escuchamos hablar a través de la mosquitera.

Jeremiah se detuvo al escuchar a Susannah diciendo:

—Laur, me odio a mí misma por hacerlo, pero casi pienso que preferiría morir antes que perder el pecho.

Jeremiah dejó de respirar y se quedó allí parado, escuchando. Después se sentó y yo le imité.

—Sé que no lo dices en serio —respondió mi madre.

No soportaba que mi madre dijese eso y supuse que Susannah tampoco porque contestó:

—No intentes explicarme lo que quiero decir.

Nunca la había escuchado hablar así, sonaba dura, enfadada.

—Vale, vale. No lo haré.

Entonces Susannah empezó a llorar. Y aunque no podía verlas, sabía que mi madre le estaba frotando la espalda a Susannah en amplios círculos, como me hacía a mí cuando estaba triste.

Deseé hacer lo mismo por Jeremiah. Sabía que eso le ayudaría a sentirse mejor, pero no fui capaz. En su lugar, le agarré la mano y la apreté con fuerza. No me miró, pero tampoco se soltó. Ése fue el momento en el que nos convertimos en amigos de verdad.

Entonces mi madre dijo en su voz más seria e inexpresiva:

—Maldita sea, la verdad es que tus tetas son bastante impresionantes.

Susannah estalló en carcajadas que sonaban como los ladridos de una foca y después se puso a llorar y a reír a la vez. Todo se iba a arreglar. Si mi madre maldecía y Susannah reía, todo iba a ir bien.

Solté la mano de Jeremiah y me levanté. Él hizo lo mismo que yo.

Caminamos hasta la playa sin decir nada. ¿Qué iba a decir? «¿Siento que tu madre tenga cáncer? ¿Espero que no pierda una teta?»

Cuando volvimos a nuestro trozo de playa, Conrad y Steven acababan de salir del agua con sus tablas. Seguíamos callados y Steven se dio cuenta. Supongo que Conrad también, pero no dijo nada. Fue Steven el que preguntó:

—¿Qué os pasa?

—Nada —dije yo, abrazándome las rodillas contra el pecho.

—¿Os habéis dado vuestro primer beso o algo? —dijo

sacudiéndose el agua del bañador directamente encima de mis rodillas.

—Cállate —le respondí. Me sentía tentada a bajarle los pantalones sólo para cambiar de tema. El verano anterior, los chicos habían pasado una temporada obsesionados por bajarse los pantalones los unos a los otros en público. Nunca había participado en el juego, pero en ese momento lo deseé de verdad.

—¡Oh, lo sabía! —dijo, pellizcándome en el hombro.

Lo aparté y le dije que se callase otra vez. Empezó a cantar:

—*Summer lovin', had me a blast, summer lovin', happened so fast...*

—Steven, no seas idiota —le dije, volviéndome hacia Jeremiah para que compartiese mi mueca de desprecio.

Pero entonces Jeremiah se levantó, se sacudió la arena de los pantalones y empezó a andar hacia el agua, alejándose de nosotros y de la casa.

—Jeremiah, ¿te ha venido la regla o qué? ¡Era una broma, tío! —vociferó Steven tras él. Jeremiah no se volvió; siguió caminando por la orilla.

—¡Venga ya!

—Déjalo en paz —dijo Conrad. Nunca daban la apariencia de estar muy unidos, pero había momentos en los que reparaba en lo bien que se comprendían el uno al otro, y ése fue uno de ellos. Ver a Conrad proteger a Jeremiah me hizo sentir una oleada de amor por él; sentí que la ola de mi pecho me inundaba. Cosa que luego me hizo sentir culpable, porque ¿cómo podía estar pensando en mi encaprichamiento cuando Susannah tenía cáncer?

Se notaba que Steven se sentía mal, y también confuso.

Alejarse no era el estilo de Jeremiah. Siempre era el primero en reír, en devolver la broma.

Y como me apetecía echar sal en la herida, dije:

—Eres tan gilipollas, Steven.

Steven se quedó con la boca abierta.

—Pero ¿qué he hecho?

Le ignoré y me tumbé en la toalla con los ojos cerrados. Deseé tener los auriculares de Conrad. Habría querido olvidar que ese día había tenido lugar.

Más tarde, cuando Conrad y Steven decidieron salir de pesca nocturna, Jeremiah rehusó, a pesar de que le encantaba. Siempre intentaba convencer a los demás de que le acompañasen a pescar por la noche. Pero ese día dijo que no estaba de humor. Así que se fueron, y Jeremiah se quedó conmigo. Vimos la tele y jugamos a las cartas. Pasamos la mayor parte del verano haciendo lo mismo, nosotros dos solos. Ese verano, cimentamos nuestra amistad. Me despertaba temprano por las mañanas y salíamos a recoger caracolas y cangrejos de arena o íbamos en bicicleta hasta la heladería que estaba a cinco kilómetros de distancia. Cuando estábamos solos, no bromeaba tanto, pero seguía siendo el mismo Jeremiah de siempre.

A partir de ese verano, me sentí más unida a Jeremiah que a mi propio hermano. Jeremiah era más agradable. Quizá porque también era el hermano pequeño de alguien o simplemente porque era ese tipo de persona que era buena con todo el mundo. Tenía un don para hacer que los demás se sintieran a gusto.

Capítulo quince

Había estado lloviendo durante tres días. A las cuatro de la tarde del tercero, Jeremiah estaba ansioso y agitado. No era el tipo de persona a la que le gusta quedarse en casa, siempre estaba en movimiento. Dijo que ya no podía más y preguntó quién quería acompañarle al cine. Sólo había un cine en Cousins, aparte del autocine, y estaba en el centro comercial.

Conrad estaba en su habitación y cuando Jeremiah subió a preguntarle si quería venir, dijo que no. Pasaba mucho tiempo solo, en su cuarto, y me daba cuenta de que eso hería los sentimientos de Steven. Se iba a marchar pronto de viaje con mi padre por distintas universidades, y a Conrad no parecía importarle. Cuando no estaba trabajando, Conrad se mantenía ocupado tocando la guitarra y escuchando música.

Así que éramos sólo Jeremiah, Steven y yo. Les convencí para que viéramos una comedia romántica sobre dos personas que pasean a sus perros por la misma ruta y acaban por enamorarse. Era lo único que había y la próxima película no empezaba hasta dentro de una hora. A los cinco minutos, Steven se levantó indignado.

—No puedo con esto. ¿Vienes, Jere? —dijo.

Jeremiah respondió:

—Nop, me quedo con Belly.

Steven puso cara de sorpresa. Se encogió de hombros y dijo:

—Nos vemos cuando termine.

Yo también estaba sorprendida. La peli era bastante mala.

Poco después de la marcha de Steven, un tipo enorme se sentó justo delante de mí.

—Te cambio el sitio —susurró Jeremiah. Estuve a punto de soltar el falso «No pasa nada», pero cambié de opinión. Al fin y al cabo, estaba con Jeremiah. No tenía que ser educada. Así que le di las gracias y nos cambiamos de asiento. Para ver la pantalla, Jeremiah tenía que estirar el cuello a la derecha e inclinarse hacia mí. Su pelo olía a peras rojas, el champú caro que usaba Susannah. Aquello tenía gracia. Era un hombretón que jugaba al fútbol, pero desprendía una fragancia dulce. Cada vez que se acercaba, inspiraba el aroma dulzón de su cabello. Deseé que mi pelo oliese tan bien como el suyo.

A media película, Jeremiah se levantó de repente. Desapareció unos minutos y cuando volvió tenía un refresco grande y un paquete de regaliz. Fui a por la bebida para tomar un sorbo, pero no había pajitas.

—Has olvidado las pajitas —le dije.

Abrió la bolsa y mordió los extremos de dos regalices. Después los puso en el vaso. Sonrió de oreja a oreja, parecía muy orgulloso de sí mismo. Yo había olvidado completamente las pajitas de regaliz. Antes lo hacíamos todo el tiempo.

Sorbimos la bebida con las pajitas al mismo tiempo, como en los anuncios de Coca-Cola de los años 50; cabezas inclinadas, las frentes casi acariciándose. Me pregunté si la gente pensaría que teníamos una cita.

Jeremiah me miró y me sonrió de esa forma tan familiar y, de repente, me vino una idea descabellada a la cabeza. Pensé: «Jeremiah Fisher quiere besarme».

Lo que era una locura. Estaba hablando de Jeremiah. Nunca me había visto de esa manera, y en cuanto a mí, Conrad era el chico que me gustaba, incluso cuando estaba malhumorado e inaccesible, como en ese momento. Siempre había sido Conrad. Nunca había considerado seriamente a Jeremiah; no con Conrad allí. Y desde luego Jeremiah nunca me había mirado de esa forma. Era su colega. Su compañera de películas, la chica con la que compartía baño y secretos. No era la chica a la que besaba.

Capítulo dieciséis
14 años

Sabía que llevar a Taylor era un error. Lo sabía. Y lo hice de todos modos. Taylor Jewel, mi mejor amiga. Los chicos de nuestro curso la llamaban «joya», ella fingía detestarlo pero en el fondo le encantaba.

Cuando volvía de la casa de verano Taylor siempre decía que tenía que ganarse mi amistad de nuevo. Tenía que esforzarse para hacer que yo quisiera estar allí, en mi vida real en el instituto, con los chicos y los amigos de clase. Intentaba emparejarme con el amigo guapo del chico que la obsesionaba en ese momento. Yo le seguía el rollo, íbamos al cine o a la Casa de los Gofres, pero yo nunca estaba realmente allí, no del todo. Esos chicos no se podían comparar con Conrad o Jeremiah, así que ¿qué sentido tenía todo aquello?

Taylor siempre había sido la más guapa de las dos, la que se ganaba una mirada extra de los chicos. Yo era la divertida, la que les hacía reír. Pensaba que si llevaba a Taylor demostraría que yo también era guapa. «¿Veis? Veis, soy como ella; somos iguales.» Pero no lo éramos y todos lo sabían. Pensaba que llevar a Taylor me iba a garantizar una invitación a los paseos nocturnos de los chicos o a sus noches en la playa con sacos de dormir. Pensaba que me abriría a un nuevo mundo de posibilidades sociales, que por fin iba a estar en el meollo de las cosas.

Al menos, en esto último tenía razón.

Taylor siempre me había estado rogando que la invitara. Yo me resistía diciendo que estaría demasiado lleno, pero Taylor era realmente persuasiva. Todo era por mi culpa. Había presumido demasiado de los chicos. Aunque, en el fondo, también quería que fuese. Al fin y al cabo, era mi mejor amiga. Taylor no soportaba que no lo compartiésemos todo; cada momento, cada experiencia. Cuando se unió al club de español, insistió en que me apuntara, a pesar de que yo ni siquiera estudiaba español.

—Para cuando vayamos a Cabo por nuestra graduación —dijo.

Yo quería ir a las islas Galápagos después de graduarme, era mi sueño. Quería ver un alcatraz patiazul. Mi padre dijo que me llevaría, aunque no se lo conté a Taylor. No le habría hecho ninguna gracia.

Mi madre y yo recogimos a Taylor en el aeropuerto. Salió del avión con unos shorts diminutos y una camiseta de tirantes que no le había visto antes. Mientras la abrazaba, intenté no sonar celosa al preguntar:

—¿Cuándo te lo has comprado?

—Mi madre me llevó a comprar ropa de playa antes de marcharme —contestó mientras me pasaba una de sus bolsas de deporte.

»Chulo, ¿verdad?

—Sí, es bonito. —La bolsa pesaba. Me pregunté si se habría olvidado de que sólo se iba a quedar una semana.

—Se siente mal por lo de divorciarse de papi, así que me compra montones de cosas —siguió Taylor, poniendo los ojos en blanco—. Nos hicimos la manicura juntas. ¡Mira! —Taylor levantó la mano derecha. Tenía las uñas pintadas de color frambuesa y las llevaba más largas y cuadradas.

—¿Son de verdad?

—¡Pues claro! Yo no me pongo postizos, Belly.

—Pero pensaba que tenías que mantenerlas cortas para tocar el violín.

—Ah, eso. Mami por fin me ha permitido dejarlo. Ya sabes cómo es. —Taylor era la única persona de mi edad que conocía que aún llamaba «mami» a su madre. También era la única capaz de hacerlo y que sonara normal.

Los chicos se pusieron firmes en seguida. Le echaron un vistazo, pasaron revista a su sujetador talla B y a su pelo rubio. «Lleva relleno —quise decirles—. Se ha puesto media botella de crema para aclarar el pelo. Normalmente su pelo no es tan amarillo.» Tampoco les hubiese importado mucho.

Mi hermano, por contra, apenas levantó la vista del televisor. Taylor le irritaba, siempre lo había hecho. Me pregunté si ya habría prevenido a Conrad y a Jeremiah.

—Hola, Ste-ven —dijo Taylor en sonsonete.

—Hola —mascculló Steven.

Taylor me miró y cruzó los ojos. «Gruñón», articuló con los labios, énfasis en la *n*, y me hizo reír.

—Taylor, éstos son Conrad y Jeremiah. A Steven ya lo conoces.

Tenía curiosidad por saber a cuál iba a escoger, cuál le parecería más guapo. Más divertido. Mejor.

—Hola —dijo evaluándolos y, desde el primer momento, supe que Conrad era el escogido. Y me alegraba, porque sabía que Conrad jamás se interesaría por ella.

—Hola —le respondieron.

Después Conrad se volvió hacia el televisor como yo ya sabía que iba a hacer. Jeremiah le lanzó una de sus sonrisas torcidas y dijo:

—Así que tú eres la amiga de Belly. Pensábamos que no tenía amigos.

Esperé a que sonriera para demostrar que bromeaba, pero ni siquiera me miró.

—Cállate, Jeremiah —le respondí y entonces sonrió, pero fue apresurado, superficial y en seguida volvió a mirar a Taylor.

—Belly tiene montones de amigos —le informó Taylor con su estilo despreocupado—. ¿Te parezco el tipo de persona que saldría con una pringada?

—Sí —replicó mi hermano desde el sofá mientras asomaba la cabeza—. Lo pareces.

Taylor le lanzó una mirada furibunda.

—Ve a hacerte una paja, Steven.

Se volvió hacia mí y dijo:

—¿Por qué no me enseñas nuestra habitación?

—Sí, ¿por qué no lo haces, Belly? ¿Por qué no continúas siendo la esclava de Tay-Tay? —anunció Steven.

No le hice caso.

—Vamos, Taylor.

En cuanto llegamos a mi dormitorio, Taylor se echó en la cama en la que yo siempre había dormido.

—Oh, Dios mío, es tan guapo.

—¿Cuál de los dos? —pregunté, aunque ya lo sabía.

—El del pelo oscuro, claro. Me encantan los hombres de pelo oscuro.

Hice una mueca. ¿Hombres? Taylor sólo había salido con dos chicos, y ninguno era un hombre, ni de lejos.

—Dudo que pase algo —le dije—. Conrad no está interesado en las chicas.

Sabía que no era verdad; le gustaban las chicas y el verano pasado esa tal Angie le había interesado lo suficiente como para llegar a segunda base.

Le salieron chispas de los ojos.

—Me encantan los retos. ¿Verdad que gané las elecciones a presidenta de la clase el año pasado? ¿Y las de secretaria de la clase el año anterior?

—Claro que me acuerdo. Yo fui tu directora de campaña. Pero Conrad es diferente. Es... —Dudé un momento, buscando la palabra adecuada para asustar a Taylor—. Casi un perturbado.

—¡¿Qué?! —chilló.

Me eché atrás en seguida. Quizá «perturbado» era una palabra un poco fuerte.

—No quiero decir exactamente «perturbado», pero puede ser bastante intenso. Serio. Tendrías que ir a por Jeremiah. Creo que es más tu tipo.

—¿Y eso qué significa, Belly? —inquirió Taylor—. ¿Que no soy lo bastante profunda?

—Bueno... —«Como una piscina hinchable», pensé.

—Mejor no contestes. —Taylor abrió su bolsa de deporte y empezó a sacar cosas—. Jeremiah es mono, pero me gusta Conrad. Voy a volverle loco.

—Después no digas que no te avisé. —Ya estaba deseando decir «te lo advertí» cuando llegase el momento. Cuanto antes mejor.

Sacó un biquini de lunares amarillos.

—¿Te parece lo bastante diminuto para Conrad?

—Ese biquini no le entraría ni a Bridget —le respondí. Bridget, su hermana pequeña, tenía siete años y era menuda para su edad.

—Exactamente.

Hice una mueca.

—No digas que no te lo advertí. Y estás sentada en mi cama.

Las dos nos cambiamos de ropa en seguida. Taylor se puso su minúsculo biquini y yo mi bañador negro con sujetador reforzado sin apenas escote. Mientras nos cambiábamos, Taylor me examinó con la mirada y dijo:

—¡Belly te han crecido mucho las tetas!

Me puse una camiseta encima.

—No tanto.

Pero tenía razón. Habían crecido, prácticamente de un día para otro. El verano anterior no las tenía, eso estaba claro. Las odiaba. Me frenaban: ya no podía correr tan rápido, era embarazoso. Por eso llevaba camisetas anchas y bañadores de una pieza. No quería oír lo que dirían los chicos al respecto. Seguro que se burlarían de mí, Steven me ordenaría que me pusiese algo encima y yo me moriría de la vergüenza.

—¿Qué talla llevas? —preguntó en tono acusador.

—B —mentí. Era más bien una C.

Taylor parecía aliviada.

—Ah, bien. Entonces aún tenemos la misma, porque

tengo casi una B. ¿Por qué no te pones uno de mis biquinis? Con ese bañador parece que te vayas a presentar a las pruebas del equipo de natación. —Sacó uno de rayas blancas y azules con lazos rojos en los lados.

—Es que soy del equipo de natación —le recordé. Me había presentado al campeonato de invierno con el equipo de natación de mi vecindario. No podía competir en verano porque siempre estaba en Cousins. Ser del equipo de natación me hacía sentir conectada a mi vida de verano, como si sólo fuese cuestión de tiempo hasta que volviese a estar en la playa otra vez.

—Uf, no me lo recuerdes —respondió Taylor. Hizo bailar el biquini de un lado a otro—. Te sentaría tan bien con tu pelo castaño y las tetas nuevas.

Puse mala cara y aparté el biquini.

Una parte de mí quería presumir y sorprenderlos con lo mucho que había crecido, mostrarles que me había convertido en una chica de verdad, pero mi lado cuerdo sabía que sería tentar al destino. Steven me echaría una toalla sobre la cabeza y volvería a sentirme como una niña de diez años en vez de como una chica de trece.

—Pero ¿por qué?

—Me gusta hacer piscinas —respondí. Lo que era cierto. Me gustaba.

Se encogió de hombros.

—Vale, pero no me eches la culpa cuando los chicos no te dirijan la palabra.

Le devolví el gesto.

—No me importa si no me hablan, no los veo de esa manera.

—¡Sí, claro! Has estado obsesionada con Conrad desde

que te conozco. El año pasado ni siquiera hablabas con los chicos de la clase.

—Taylor, eso fue hace tiempo. Son como hermanos para mí, igual que Steven —dije mientras me ponía unos shorts de gimnasia—. Puedes hablar con ellos todo lo que quieras.

La verdad es que los dos me gustaban de forma distinta y no quería que ella se enterase. Tampoco cambiaría de opinión. Iba a por Conrad. Quería decirle, «escoge a cualquiera excepto a Conrad», pero eso no sería del todo cierto. También estaría celosa si escogía a Jeremiah, porque era mi amigo y no el de ella.

Taylor tardó una eternidad en decidirse por unas gafas de sol que hicieran juego con su biquini (había traído cuatro pares), además de dos revistas y aceite bronceador. Para cuando salimos, los chicos ya estaban en la piscina.

Me quité la ropa en seguida, lista para meterme en el agua, pero Taylor dudaba con su toalla de playa apretada alrededor de los hombros. Me di cuenta de que estaba nerviosa por su biquini diminuto, y me alegré por ella. Estaba un poco harta de que presumiera tanto.

Los chicos ni siquiera alzaron la vista. Me preocupaba que con Taylor allí no quisieran hacer lo mismo de siempre, que actuaran de forma distinta. Pero ahí estaban, haciéndose ahogadillas los unos a los otros con todas sus fuerzas.

Me quité las chanclas y dije:

—Vamos a la piscina.

—Creo que tomaré el sol un rato —respondió Taylor. Por fin había soltado la toalla y la había extendido sobre la hamaca—. ¿No quieres hacerlo tú también?

—No. Hacer calor y quiero nadar. Además, ya estoy morena. —Y realmente lo estaba. Me estaba volviendo de un color caramelo oscuro. En verano me convertía en una persona completamente distinta y probablemente ésa era la mejor parte de las vacaciones.

En cambio, Taylor estaba tan pálida y brillante como la masa de las galletas. Aunque tenía el presentimiento de que me atraparía pronto. Eso se le daba bien.

Me quité las gafas y las deposité encima de mi ropa. A continuación, fui hasta el extremo más profundo de la piscina y me lancé. El agua fría era como una sacudida para el sistema, en el mejor de los sentidos. Cuando salí a tomar aire, nadé hasta los chicos.

—Juguemos a Marco Polo —propuse.

Steve, que estaba ocupado intentando hacerle una ahogadilla a Conrad, se detuvo y dijo:

—Marco Polo es un rollo.

—Juguemos a ver quién es un gallina —sugirió Jeremiah.

—¿Y eso qué es? —le pregunté.

—Dos equipos de dos personas se suben sobre los hombros de sus compañeros e intentan derribar al otro equipo —explicó mi hermano.

—Es divertido, lo prometo —me aseguró Jeremiah. Entonces llamó a Taylor:

—Tyler, ¿quieres jugar a la gallina con nosotros? ¿O eres demasiado gallina?

Taylor apartó los ojos de su revista. No podía verle bien

la cara por culpa de las gafas de sol, pero sabía que estaba molesta.

—Es Tay-lor, no Tyler, Jeremy. Y no, no quiero jugar.

Steven y Conrad intercambiaron una mirada. Sabía lo que estaban pensando.

—Venga, Taylor, será divertido —dije yo poniendo los ojos en blanco—. No seas gallina.

Soltó un suspiro exagerado, dejó la revista, se levantó y se alisó la parte de atrás del biquini.

—¿Tengo que quitarme las gafas de sol?

Jeremiah le sonrió.

—Si estás en mi equipo no porque no te vas a caer.

Taylor se las quitó igualmente y entonces me di cuenta de que los equipos eran impares y que alguien tendría que quedarse fuera.

—Yo miraré —me ofrecí, a pesar de que tenía ganas de jugar.

—No hace falta. Yo no juego —dijo Conrad.

Jugaremos dos rondas —sugirió Steven.

Conrad hizo un gesto de indiferencia.

—Como quieras —y nadó hasta el borde de la piscina.

—Me pido a Tay-lor —anunció Jeremiah.

—No es justo; Taylor es más ligera —se quejó Steven. Entonces me miró y vio mi expresión—. Es sólo que tú eres más alta que ella, eso es todo.

Se me pasaron las ganas de jugar.

—¿Qué tal si no juego, Steven? No quiero romperte la espalda.

Jeremiah dijo:

—Yo me quedo contigo, Belly. Los hundiremos. Seguro que tú eres más dura que la pequeña Tay-lor.

Taylor bajó los peldaños de la piscina lentamente, encogiéndose por la temperatura.

—Soy muy fuerte, Jeremy —respondió.

Jeremiah se puso de cuclillas en el agua y trepé encima de él con dificultad. Estaba resbaladizo, así que al principio me costó mantenerme erguida. Entonces se levantó y se enderezó.

Me acomodé y puse las manos en su cabeza para mantener el equilibrio.

—¿Peso demasiado? —le susurré. Estaba tan delgado que temía romperlo.

—No pesas nada —mintió, respirando con fuerza, mientras se agarraba a mis piernas.

En ese momento, quise darle un beso en la coronilla.

Al otro lado, Taylor estaba subida encima de Steven riendo y tirándole del pelo para sujetarse. Steven parecía a punto de quitársela de encima y lanzarla a la otra punta de la piscina.

—¿Listos? —preguntó Jeremiah. Y en voz baja, me dijo—: El truco está en sujetarse bien.

Steven asintió y andamos hasta el centro de la piscina.

Conrad, que estaba nadando a un lado, gritó:

—¡Preparados, listos, ya!

Taylor y yo alargamos los brazos hacia la otra pareja, empujando y tirando. Taylor no podía parar de reírse y cuando le di un empujón con fuerza, dijo:

—¡Ah, mierda! —Y ambos cayeron de espaldas.

Jeremiah y yo nos partimos de risa y chocamos las manos. Al salir a la superficie, Steven atravesó a Taylor con la mirada y farfulló:

—Te dije que te agarraras fuerte.

Ella le salpicó en toda la cara y respondió:

—¡Lo he hecho!

El lápiz de ojos se le había emborronado y la máscara empezaba a correrse. Pero seguía estando guapa.

Jeremiah dijo:

—¿Belly?

—¿Hmmm? —le respondí. Empezaba a sentirme cómoda allí arriba.

—Cuidado. —Entonces se lanzó hacia delante y yo salí volando hacia el agua, igual que él. No podía parar de reírme, tragué un litro de agua, pero no me importó.

Cuando los dos sacamos la cabeza, fui directamente hasta él y lo pillé por sorpresa con una buena ahogadilla.

Entonces Taylor dijo:

—Juguemos otra vez. Esta vez yo voy con Jeremy. Steven, tú puedes ser el compañero de Belly.

Steven aún parecía malhumorado y masculló:

—Con, juega tú en mi lugar.

—Vale —dijo Conrad, pero se le notaba en la voz que no le apetecía.

Cuando nadó hasta donde yo estaba, comenté en tono defensivo:

—Tampoco peso tanto.

—Yo no he dicho eso. —Entonces se agachó frente a mí y me subí encima de él. Sus hombros eran más musculosos que los de Jeremiah, más densos—. ¿Todo bien ahí arriba?

—Sí.

Al otro lado, Taylor tenía problemas para subirse a la espalda de Jeremiah. No paraba de resbalar y de reírse. Se estaban divirtiendo mucho. Demasiado. Los observé celosa, hasta el punto de que casi paso por alto que Conrad me había agarrado las piernas. Desde que tenía uso de memoria, Conrad ni siquiera me había rozado la rodilla por accidente.

—Daos prisa de una vez —dije. Incluso yo noté los celos en mi voz. Lo detestaba.

Conrad tuvo menos problemas para llegar al centro de la piscina. Estaba un poco sorprendida por la facilidad con la que se movía con mi peso extra encima.

—¿Listos? —preguntó Conrad a Jeremiah y a Taylor, que por fin se habían quedado quietos.

—¡Sí! —chilló Taylor.

«Te vas a hundir, joya», pensé.

—Sí —dije en voz alta.

Me incliné hacia delante y utilicé las dos manos para darle un empellón. Se balanceó hacia un lado, pero consiguió erguirse

—¡Eh! —soltó ella.

Sonreí.

—Eh —dije, y volví a empujarla.

Taylor frunció el ceño y me devolvió el empujón con fuerza, pero no la suficiente.

Nos lanzamos la una contra la otra, pero esta vez me estaba resultando mucho más fácil porque me sentía más segura. La empujé una vez, con firmeza, y cayó hacia delante, pero Jeremiah se mantuvo de pie. Aplaudí con ganas. Empezaba a divertirme.

Me sorprendí cuando Conrad levantó la mano para chocármela, ya que no era para nada su estilo.

Cuando Taylor reapareció, no se estaba riendo. Tenía el pelo rubio apelmazado y dijo:

—Este juego apesta. No quiero jugar más.

—Mala perdedora —le respondí, y Conrad me bajó al agua.

—Buen trabajo —dijo, ofreciéndome una de sus poco habituales sonrisas. Me sentí como si me hubiera tocado la lotería.

—Sólo juego para ganar —le dije. Y sabía que él también.

Capítulo diecisiete

Unos días después de compartir el regaliz en el cine, Jeremiah dijo:

—Voy a enseñar a Belly a conducir con el cambio de marchas manual.

—¿En serio? —pregunté con entusiasmo. Hacía un buen día; el primero en toda la semana. Un día perfecto para conducir. Era el día libre de Jeremiah y no podía creer que estuviese dispuesto a pasarlo enseñándome a conducir. Se lo había estado pidiendo desde el año anterior. Steven lo había intentado, pero se rindió después de la tercera lección.

Steven sacudió la cabeza y tomó un sorbo de zumo de naranja.

—¿Tienes ganas de morir, tío? Porque Belly os matará a los dos, por no mencionar al embrague. Te lo digo como amigo.

—¡Cállate, Steven! —grité, dándole una patada por debajo de la mesa—. Sólo porque tú seas un maestro pésimo... —Steven se había negado a meterse en el coche conmigo después de que le hiciera una pequeña abolladura sin importancia en el parachoques mientras me enseñaba a aparcar en paralelo.

—Tengo confianza en mi talento como profesor —replicó Jeremiah—. Para cuando haya terminado con ella, conducirá mejor que tú.

—Buena suerte —resopló Steven. Entonces frunció el ceño—. ¿Cuánto vas tardar? Pensaba que íbamos al campo de golf.

—Puedes venir con nosotros —propuse.

Steven me ignoró y dijo a Jeremiah:

—Tienes que practicar tu swing, tío.

Miré de refilón a Jeremiah, él también a mí y titubeó.

—Estaremos aquí para comer. Podemos ir después —respondió.

Steven hizo una mueca.

—Vale. —Se notaba que estaba enfadado y un poco dolido, lo que hizo que me sintiera satisfecha y un poco culpable a la vez. Él no estaba tan acostumbrado como yo a quedarse a un lado.

Fuimos a practicar a la carretera que conducía al otro lado de la playa. Estaba tranquila. No había nadie más, sólo nosotros. Escuchamos el viejo CD de *Nevermind* de Jeremiah que tenía como un millón de años.

—Es sexy que una chica sepa conducir con cambio manual —me explicó Jeremiah por encima de Kurt Cobain—. Demuestra que está segura de sí misma y que sabe lo que hace.

Puse el coche en primera y aflojé el pie del embrague.

—Pensaba que a los chicos les gustaban las chicas indefensas.

—Eso también. Pero resulta que yo prefiero a las chicas inteligentes y seguras de sí mismas.

—Mentira. Taylor te gustaba, y no es así para nada.

Gruñó y saco el brazo por la ventana.

—¿Hace falta que lo menciones otra vez?

—Sólo era un comentario. No era tan segura ni tan inteligente.

—Quizá no, pero sin duda sabía lo que hacía —respondió, estallando en una carcajada.

Le di un puñetazo en el brazo, con fuerza.

—Eres asqueroso. Y un mentiroso. Sé con certeza que no llegasteis a segunda base —le dije.

Paró de reír.

—Vale, sí. No lo hicimos. Pero besaba bien y sabía a caramelos.

A Taylor le encantaban los caramelos. Se los tomaba como si fuesen vitaminas. Me pregunté en qué lugar quedaba yo en relación a Taylor, si pensaba que yo también era buena besando.

Lo miré de reojo y debió de leerlo en mi cara, porque se rió y dijo:

—Pero tú, tú fuiste la mejor, Bells.

Volví a pegarle en el brazo, pero incluso así seguía desternillándose. Sólo sirvió para hacerle reír con más fuerza.

—No apartes el pie del embrague —dijo medio ahogado de la risa.

Yo estaba sorprendida de que se acordase. Quiero decir que para mí sí que había sido memorable, mi primer beso. Que se acordara hizo que no me importase tanto su risa.

—Tú fuiste mi primer beso —confesé. En aquel momento sentí que podía contarle cualquier cosa. Como antes de que creciéramos y las cosas se complicaran. Era una sensación natural, amigable y normal.

Apartó la vista, incómodo.

—Sí, lo sé.

—¿Cómo lo supiste? —quise saber. ¿Se me daba tan mal besar que lo había notado? Qué humillante.

—Hum, Taylor me lo contó. Después.

—¡Qué! No me lo creo. ¡Esa Judas! —En ese momento, casi paro el coche. En realidad, no me sorprendía tanto. Pero seguía sintiéndolo como una traición.

—No pasa nada. —Tenía las mejillas rojas—. La primera vez que besé a una chica fue una broma. No paraba de decirme que lo estaba haciendo mal.

—¿Quién? ¿Con quién fue tu primer beso?

—No la conoces. Tampoco importa.

—Venga —insistí—. Dímelo.

Se me caló el coche y Jeremiah explicó:

—Coloca el pie en el embrague y la marcha en punto muerto.

—No hasta que me lo cuentes.

—Vale. Fue Christi Turnduck —respondió con la cabeza baja.

—¿Besaste a Turducken? —Ahora era yo la que se reía. Claro que conocía a Christi Turnduck. Era una habitual de la playa de Cousins, vivía allí todo el año.

—Estaba colgada por mí —dijo Jeremiah encogiéndose de hombros.

—¿Se lo has contado a Con y a Steven?

—¡Ni hablar! ¡Claro que no les dije que había besado a Turducken! —me contestó—. ¡Y más te vale no hacerlo tú tampoco! Prométemelo.

Le ofrecí la mano y me la estrechó en señal de promesa.

—Christi Turnduck. La verdad es que sabía besar. Me enseñó todo lo que sé. Me pregunto dónde andará.

Me pregunté si también besaba mejor que yo. Seguro que sí, si enseñó a Jeremiah.

El coche se volvió a calar.

—Esto es un asco. Lo dejo.

—Tienes prohibido dejarlo —ordenó Jeremiah—. Vámonos.

Suspiré y arranqué el coche otra vez. Dos horas después, ya lo tenía. Más o menos. Aún se me calaba, pero había avanzado un poco. Jeremiah dijo que tenía un talento innato para la conducción.

Para cuando volvimos a la casa ya eran más de las cuatro y Steven se había marchado. Supongo que se había cansado de esperar y se fue solo al campo de golf. Mi madre y Susannah estaban viendo películas antiguas en la habitación de Susannah. Estaba oscuro y habían corrido las cortinas.

Me quedé en la puerta un minuto, escuchándolas reír. Me sentía excluida. Envidiaba su relación. Eran igual que dos copilotos, siempre en equilibrio perfecto. Yo no tenía ese tipo de amistad, de las que duran toda una vida, pase lo que pase.

Entré en el dormitorio y Susannah dijo:

—¡Belly! Ven a ver pelis con nosotras.

Me metí en la cama entre las dos. Acostada casi a oscuras, la sensación era acogedora, como si estuviésemos en una cueva.

—Jeremiah me ha dado clases de conducir —les expliqué.

—Es un encanto —dijo Susannah con una sonrisa.

—Y valiente —replicó mi madre. Me pellizcó la nariz. Me acurruqué bajo el edredón. La verdad es que era genial. Fue todo un detalle enseñarme a conducir cuando nadie más quería hacerlo. Sólo porque le había dado un golpe que otro al coche no significaba que no fuese a convertirme en una conductora excelente como los demás. Gracias a él, sabía conducir con el cambio de marchas manual. Iba a convertirme en una de esas chicas seguras, que saben lo que hacen. Cuando tuviese el carnet, conduciría hasta la casa de Susannah y me llevaría a Jeremiah a dar una vuelta para darle las gracias.

Capítulo dieciocho
14 años

Después de salir de la ducha, Taylor empezó a rebuscar en su bolsa de deporte, mientras yo la observaba desde la cama. Sacó tres vestidos de tirantes distintos: uno bordado, uno con un estampado hawaiano y otro negro de lino.

—¿Cuál me pongo esta noche? —consultó. Lo preguntaba como si fuese una prueba.

Estaba cansada de sus pruebas y de tener que demostrar mi valía todo el tiempo.

—Sólo vamos a cenar, Taylor. No vamos a ningún lugar especial.

Negó con la cabeza en mi dirección y la toalla que llevaba en el pelo se balanceó de un lado a otro.

—Esta noche vamos al paseo, ¿te acuerdas? Tenemos que estar guapas. Va a haber chicos. Déjame escoger tu conjunto, ¿vale?

Antes, cuando Taylor elegía mi ropa, me sentía como la chica empollona que se transforma para el baile, pero en el buen sentido. Ahora me sentía como la madre negada que no sabía vestir bien.

No había traído ningún vestido. Nunca lo había hecho. Ni se me había ocurrido. Sólo tenía dos vestidos en casa, el que me regaló mi abuela por Pascua y el que tuve que comprar para la graduación de octavo. Últimamente nada parecía sentarme bien. La ropa me iba larga de la entrepierna o la cintura me apretaba demasiado. Nunca me habían interesado los vestidos, pero al ver los suyos tendidos sobre la cama, sentí celos.

—No pienso arreglarme para ir al paseo —le dije.

—Déjame ver lo que tienes —respondió, acercándose al armario.

—¡Taylor, he dicho que no! Me voy a poner esto. —Señale mis shorts deshilachados y la camiseta de la playa de Cousins.

Taylor puso mala cara, pero se apartó de mi armario y volvió a sus vestidos.

—Vale, haz lo que quieras, gruñona. ¿Cuál me pongo?

—El negro —repliqué, cerrando los ojos—. Ahora vístete de una vez.

La cena consistía en vieiras y espárragos. Cuando cocinaba mi madre, siempre preparaba algún tipo de marisco con limón, aceite de oliva y algo de verdura. Siempre. Susannah sólo cocinaba de vez en cuando, así que aparte de la primera noche, que siempre había bullabesa, nunca sabías lo que iba a tocar. Se podía pasar toda la tarde enredando en la cocina, preparando algo que nunca había probado, como pollo al estilo marroquí con higos. Sacaba su antiguo cuaderno de cocina con las páginas pringosas y con notas en los márgenes, del que mi madre se burlaba. O podía preparar tortillas de queso americano con ketchup y tostadas. Los niños también teníamos que ocuparnos de la cena una noche a la semana y eso significaba hamburguesas y pizza congelada. Pero la mayoría de las noches, comíamos lo que nos apetecía, cuando nos apetecía. Ese aspecto del verano me encantaba. En casa, cenábamos cada noche a las seis y media, como un reloj. Aquí, las cosas se relajaban, mi madre incluida.

Taylor se inclinó hacia delante y dijo:

—Laurel, ¿cuál es la locura más grande que cometisteis Susannah y tú cuando teníais nuestra edad? —Taylor hablaba con todo el mundo como si estuviese en una fiesta de pijamas, siempre. Adultos, chicos, la señora de la cafetería, todo el mundo.

Mi madre y Susannah se miraron y sonrieron. Lo sabían, pero no iban a contarlo. Mi madre se secó los labios con una servilleta y dijo:

—Nos colamos en el campo de golf y plantamos margaritas.

Sabía que no era verdad, pero Steven y Jeremiah se pusieron a reír. Steven comentó en su enojosa voz de sabelotodo:

—Erais aburridas hasta de adolescentes.

—Pues a mí me parece muy tierno —apostilló Taylor, rociando con ketchup el plato. Taylor lo comía todo con ketchup: huevos, pizza, pasta, todo.

Creía que no estaba escuchando, pero Conrad dijo:

—Eso es mentira. Seguro que no es lo más loco que habéis hecho.

Susannah levantó ambas manos como en señal de derrota.

—Las madres también tienen derecho a sus secretos. Yo no os pregunto los vuestros, ¿a que no? —repuso.

—Claro que sí —respondió Jeremiah, apuntándola con su tenedor—. Siempre estás preguntando. Si tuviese un diario, lo leerías.

—No lo haría —protestó ella.

—Desde luego que sí —interrumpió mi madre.

Susannah le lanzó una mirada furibunda.

—No lo haría nunca. —Entonces miró a Conrad y a Jeremiah, sentados el uno al lado del otro—. Vale, pero sólo el de Conrad. Se le da tan bien esconder las cosas en su interior que nunca sé lo que está pensando. Pero tú no, Jeremiah. Tú, mi niño, llevas tu corazón justo aquí. —Alargó el brazo y tocó la manga de su camiseta.

—No es verdad —protestó, apuñalando una vieira—. También tengo secretos.

En ese momento, Taylor dijo en ese tono asquerosamente coqueto:

—Seguro que sí, Jeremy.

Él le sonrió, haciendo que me vinieran ganas de atragantarme con el espárrago.

Entonces dije:

—Taylor y yo iremos al paseo esta noche. ¿Alguien nos quiere llevar? —Antes de que Susannah o mi madre pudieran contestar, Jeremiah exclamó:

—Así que el paseo. Nosotros también podríamos ir. —Mirando a Conrad y a Steven, añadió—: ¿Verdad, chicos? —En un día normal, habría estado encantada de que quisieran ir conmigo, pero no en esa ocasión. Sabía que no era por mí.

Miré a Taylor, que de repente estaba ocupada cortando las vieiras en pedacitos diminutos. También comprendía que era por ella.

—El paseo es un rollo —dijo Steven.

—No me interesa —contestó Conrad.

—¿Y quién os ha invitado? —repliqué.

Steven hizo una mueca.

—Nadie invita a nadie al paseo. Es un país libre.

—¿Un país libre? —masculló mi madre—. Quiero que pienses bien esa afirmación, Steven. ¿Qué pasa con nuestras libertades civiles? Somos realmente libres si...

—Laurel, por favor —dijo Susannah, sacudiendo la cabeza—. No hablemos de política durante la cena.

—No sé de ningún momento mejor para conversar de política —respondió mi madre con calma. Entonces me miró. Articulé con los labios, «Déjalo, por favor» y suspiró. Era mejor frenarla en seguida, antes de que se animara—. Bueno, vale. Vale. Basta de política. Luego iré a la librería del centro. Os dejaré en el paseo de camino.

—Gracias, mamá —dije yo—. Sólo seremos Taylor y yo.

Jeremiah me ignoró y se volvió hacia Steven y Conrad.

—Venga, tíos —insistió—. Va a ser increíble. —Taylor se había pasado el día afirmando que todo era increíble.

—Bueno, pero yo me voy al salón de videojuegos —respondió Steven.

—¿Con? —Jeremiah miró a Conrad, que negó con la cabeza.

—Venga, vamos, Con —reiteró Taylor azuzándole con el tenedor—. Ven con nosotros.

Volvió a sacudir la cabeza, y Taylor puso una mueca.

—Pues vale. Nos lo pasaremos bomba sin ti.

Jeremiah dijo:

—No te preocupes por él. Aquí se divertirá mucho leyendo la Enciclopedia Británica.

Conrad no le hizo caso, pero Taylor soltó una risita y se puso el pelo detrás de las orejas, por lo que comprendí que ahora le gustaba Jeremiah.

Susannah añadió:

—No os marchéis sin dinero para helados. —Se notaba que se alegraba de que saliéramos todos juntos, excepto Conrad, que ese verano prefería pasar tiempo a solas. Nada hacía más feliz a Susannah que planear actividades para nosotros. Creo que hubiese sido una fantástica directora de campamento.

Mientras esperábamos en el coche a que mi madre y los chicos salieran, susurré:

—Pensaba que te gustaba Conrad.

Taylor puso los ojos en blanco.

—Bah. Es aburrido. Creo que me voy a quedar con Jeremy.

—Se llama Jeremiah —respondí en tono agrio.

—Ya lo sé. —Entonces me miró y los ojos se le pusieron como platos—. ¿Qué pasa? ¿Ahora te gusta?

—¡No!

Soltó un resoplido impaciente.

—Belly, tienes que elegir uno. No te puedes quedar con los dos.

—Eso ya lo sé —repliqué—. Y, para tu información, no quiero a ninguno. Tampoco es que me vean de esa forma. Me consideran una hermana pequeña, igual que Steven.

Taylor tiró del cuello de mi camisa.

—Bueno, tal vez si enseñaras un poco de esco...

Le aparté la mano.

—No voy a enseñar nada de «esco». Y ya te he explicado que no me gusta ninguno de los dos. Ya no.

—¿Así que no te importa si voy a por Jeremy? —preguntó. Sabía que sólo lo preguntaba para no sentirse culpable en el futuro. Aunque tampoco es que fuese a sentirse mal.

Así que le respondí:

—Si te dijera que me importa, ¿pararías?

Lo consideró por menos de un segundo.

—Probablemente. Si de verdad, de verdad te importara. Pero entonces iría a por Conrad. Estoy aquí para divertirme, Belly.

Suspiré. Al menos era sincera. Tenía ganas de decir: «Pensaba que estabas aquí para divertirte conmigo». Pero no lo hice.

—Ve a por él —respondí—. No me importa.

Taylor alzó las cejas, sus gesto característico.

—¡Viva! A por él.

—Espera. —La agarré de la muñeca—. Promete que serás buena con él.

—Claro que seré buena. Siempre lo soy. —Me dio unas palmaditas en el hombro—. Te preocupas demasiado, Belly. Ya te lo he dicho, sólo quiero divertirme.

En ese momento, salieron mi madre y los chicos y, por primera vez, no hubo pelea por quién se quedaba con el asiento del copiloto. Jeremiah se lo cedió tranquilamente a Steven.

Cuando llegamos al paseo, Steven se marchó directamente al salón recreativo y se pasó allí toda la noche. Jeremiah deambuló con nosotras e incluso se subió al carrusel, a pesar de que le parecía una estupidez. Se estiró completamente en el trineo y fingió echarse una siesta, mientras Taylor y yo brincábamos arriba y abajo en nuestros caballos, el mío de crin rubia y el suyo un semental negro; (*Belleza negra* seguía siendo su libro favorito, aunque nunca lo admitiría). Después Taylor le hizo ganar un Piolín de peluche en el juego de las monedas. Jeremiah era un profesional con ese juego. El Piolín era enorme, casi tan alto como ella. Jeremiah lo cargó en su lugar.

No debí acompañarlos. Habría podido predecir la noche entera, incluso lo invisible que me iba a sentir. Pasé todo el tiempo deseando estar en casa, escuchando a Conrad tocar la guitarra a través de las paredes de mi habitación o viendo películas de Woody Allen con Susannah y mi madre. Y ni siquiera me gustaba Woody Allen. Me pregunté si el resto de la semana iba a ser igual. Había olvidado ese aspecto de Taylor, cómo se ponía cuando quería algo: infatigable, determinada, a por todas. Acababa de llegar y ya se había olvidado de mí.

Capítulo diecinueve

Acabábamos de llegar y Steven ya tenía que marcharse. Mi padre y él iban a hacer una ruta por distintas universidades y después, en lugar de volver a Cousins, iba a marcharse a casa. En teoría para estudiar para la selectividad, pero era más probable que fuese para estar con su nueva novia.

Fui a su cuarto a verlo recoger sus cosas. No había traído mucho, sólo una bolsa de deporte. De pronto me sentí triste por verlo marchar. Sin Steven, las cosas estarían descompensadas; él era el amortiguador, el recordatorio viviente de que las cosas nunca cambian, de que siempre permanecen igual. Porque Steven nunca cambiaba. Seguía siendo el detestable, insufrible Steven, la cruz de mi existencia. Era como esa vieja manta de franela que olía a perro mojado: apestosa, reconfortante, una parte de la infraestructura que sostenía mi mundo. Con él ahí, todo continuaría igual, tres contra uno, chicos contra chicas.

—Ojalá no te tuvieses que marchar —dije, mientras me abrazaba las rodillas contra el pecho.

—Nos veremos dentro de un mes —me recordó.

—Un mes y medio —le corregí sombría—. Te vas a perder mi cumpleaños.

—Te daré tu regalo cuando nos veamos en casa.

—No es lo mismo. —Sabía que estaba siendo infantil pero no podía remediarlo—. ¿Me enviarás al menos una postal?

Steven cerró la cremallera de su bolsa de deporte.

—No creo que tenga tiempo. Pero te enviaré un sms.

—¿Me traerás una sudadera de Princeton? —Me moría de ganas por ponerme una sudadera de la universidad. Eran como una insignia que demostraba que eras una persona madura, casi de edad universitaria. Habría querido tener un cajón lleno de ellas.

—Si me acuerdo —respondió.

—Yo te lo recordaré. Te enviaré un mensaje —le dije.

—Vale. Será tu regalo de cumpleaños.

—Trato hecho. —Me eché en su cama y apoyé los pies en la pared. Steven no lo soportaba—. Es posible que te eche de menos, un poquitín.

—Estarás demasiado ocupada babeando detrás de Conrad como para notar que no estoy —comentó Steven.

Le saqué la lengua.

Steven se marchó temprano a la mañana siguiente. Conrad y Jeremiah iban a llevarlo al aeropuerto. Bajé a despedirme pero no traté de apuntarme porque sabía que Steven no quería. Le apetecía un poco de tiempo a solas con ellos y, por una vez, estaba dispuesta a concedérselo sin discutir.

Cuando me dio el abrazo de despedida, me dedicó su

típica mirada condescendiente, ojos tristones y una mueca, y dijo:

—No hagas ninguna estupidez, ¿vale? —Lo hizo en un tono significativo, como si intentara decirme algo importante y se suponía que yo debía entenderlo. Pero no lo hice. Le respondí:

—Tú tampoco hagas ninguna estupidez, caraculo.

Suspiró y me miró como si fuese una niña pequeña.

Procuré que no me molestara. Al fin y al cabo, se iba a marchar y aquello no iba a ser lo mismo sin él. Como mínimo, podía despedirme sin meterme en discusiones ridículas.

—Saluda a papá de mi parte —dije por fin.

No volví a la cama en seguida. Me quedé en el porche un rato, sintiéndome triste y un poco llorosa, aunque nunca se lo habría admitido a Steven.

En mucho sentidos, ése iba a ser nuestro último verano. En otoño, Conrad iba a empezar la universidad. Estaba matriculado en Brown. Quizá ya no iba a volver el próximo verano. Podría tener prácticas, o clases de verano o puede que viajase en plan mochilero con sus nuevos colegas de dormitorio. Jeremiah quizá se apuntara al campamento de fútbol del que siempre hablaba. Podían ocurrir muchas cosas entre el ahora y el después. Se me ocurrió que tendría que aprovechar al máximo ese verano, en caso de que no hubiera ninguno más como ése. Después de todo, pronto cumpliría los dieciséis. Yo también estaba creciendo. Las cosas no podían seguir igual para siempre.

Capítulo veinte
11 años

Los cuatro estábamos tumbados sobre una manta enorme en la arena. Conrad, Steven, Jeremiah y después yo, en la punta. Ése era mi sitio cuando me permitían acompañarles y aquélla era una de esas raras ocasiones.

Ya era media tarde, hacía tanto calor que sentía como si mi pelo fuese a arder, y ellos jugaban a las cartas mientras yo los escuchaba.

Jeremiah dijo:

—¿Preferirías que te hirvieran vivo en aceite de oliva o que te despellejaran con un cuchillo para la mantequilla al rojo vivo?

—Aceite de oliva —respondió Conrad con mucha seguridad—. Sería más rápido.

—Aceite de oliva—repetí.

—Cuchillo para la mantequilla —respondió Steven—. Es más probable que pueda dar la vuelta a la situación y despellejarle.

—Ésa no era un opción —le corrigió Conrad—. Es una pregunta sobre la muerte, no sobre darle la vuelta a una situación.

—Vale. Aceite de oliva —gruño Steven—. ¿Y tú qué, Jeremiah?

—Aceite de oliva —corroboró Jeremiah—. Te toca, Con.

Conrad entornó los ojos al sol y dijo:

—¿Preferirías vivir un día perfecto una y otra vez o vivir tu vida sin días perfectos, sólo pasables?

Jeremiah no dijo nada durante un minuto. Le encantaba ese juego. Meditar sobre las distintas posibilidades.

—Con el día perfecto, ¿sabría que lo estoy reviviendo, como en *Atrapado en el tiempo*?

—No.

—Entonces me quedo con el día perfecto —concluyó.

—Bueno, si el día perfecto incluye... —empezó Steven, pero me miró y se interrumpió, lo que me sacaba de quicio—. Elijo el día perfecto.

—¿Belly? —Conrad se dirigió a mí—. ¿Tú qué elegirías?

La cabeza me empezó a dar vueltas en círculos mientras intentaba encontrar la respuesta correcta.

—Hum. Escogería vivir mi vida con días aceptables. Así conservaría la esperanza de tener ese día perfecto —argüí—. No quisiera una vida que es igual un día tras otro.

—Sí, pero no lo sabrías —argumentó Jeremiah.

Me encogí de hombros.

—Pero en el fondo, quizá sí.

—Eso es una estupidez —dijo Steven.

—A mí no me parece estúpido. Creo que estoy de acuerdo con Belly. —Conrad me miró, apuesto a que es la misma mirada que tienen los soldados cuando unen fuerzas contra alguien. Como si fuésemos aliados.

Le hice un baile de la victoria a Steven. No pude evitarlo.

—¿Ves? Conrad está de acuerdo conmigo —le dije.

Steven se puso a imitarme:

—Conrad está de acuerdo conmigo. Conrad me quiere. Conrad es genial...

—¡Cállate, Steven! —chillé.

Sonrió y dijo:

—Mi turno de preguntar. Belly, ¿preferirías comer mayonesa cada día o tener el pecho plano el resto de tu vida?

Me volví, agarré un puñado de arena y se lo tiré a Steven. Estaba riendo y le entró en la boca y se le pegó a las mejillas húmedas.

—¡Estás muerta, Belly! —bramó.

Mi hermano arremetió contra mí, pero yo me aparté rodando.

—Déjame en paz —dije desafiante—. No puedes hacerme daño, o se lo diré a mamá.

—Eres un grano en el culo —escupió, agarrándome bruscamente—. Voy a tirarte al agua.

Intenté zafarme, pero mis puntapiés sólo sirvieron para lanzarle más arena en la cara. Lo que, como es lógico, sólo sirvió para enfadarle aún más.

Conrad nos interrumpió:

—Déjala tranquila, Steven. Vamos a nadar.

—Sí, vamos —repitió Jeremiah.

Steven titubeó.

—Vale —dijo escupiendo arena—. Pero aún estás muerta, Belly. —Me señaló e hizo el gesto de pasar un cuchillo por el cuello con el dedo.

Le hice un corte de magas y me di la vuelta, pero por dentro estaba temblando. Conrad me había defendido. A Conrad le importaba si me moría o no.

Steven estuvo enfadado conmigo el resto del día, pero valió la pena. También resultó bastante irónico que Steven se burlase de mí por no tener pecho, porque dos veranos después tuve que ponerme un sujetador de los de verdad.

Capítulo veintiuno

La noche de la marcha de Steven, bajé a la piscina para uno de mis baños nocturnos. Conrad y Jeremiah y el vecino, Clay Bertolet, estaban sentados en las tumbonas bebiendo cerveza. Clay vivía al final de la calle y había estado viniendo a la playa de Cousins durante casi el mismo tiempo que nosotros. Era un año mayor que Conrad. A nadie le acababa de gustar, supongo que sólo era alguien con quien pasar el rato.

Me puse tensa al momento y me abracé con fuerza a la toalla de playa. Consideré la posibilidad de volver a la casa. Clay siempre me ponía nerviosa. No tenía por qué nadar. Podía hacerlo a la noche siguiente. Pero no, tenía tanto derecho a estar allí como ellos. Incluso más.

Me acerqué fingiendo seguridad.

—Hola, chicos —dije sin soltar la toalla. Era incómodo estar ahí de pie con un biquini y una toalla cuando los demás estaban todos vestidos.

Clay me repasó de arriba abajo con los ojos entreabiertos.

—Ey, Belly. Cuánto tiempo. —Dio unas palmaditas sobre la tumbona—. Siéntate.

No soportaba cuando la gente decía «cuánto tiempo». Era una manera tan estúpida de saludar. Pero me senté de todos modos.

Se inclinó para darme un abrazo. Olía a cerveza y a colonia Polo Sport.

—¿Qué tal todo? —preguntó.

Antes de que me diese tiempo a responder, Conrad dijo:

—Está perfectamente, y ya es hora de irse a la cama. Buenas noches, Belly.

Intenté no sonar como una niña de cinco años cuando le dije:

—Todavía no me voy a dormir, vengo a nadar.

—Deberías volver arriba —coincidió Jeremiah, dejando la cerveza—. Tu madre te va a matar si bebes.

—¿Hola? No estoy bebiendo —le recordé.

Clay me ofreció su Corona.

—Aquí tienes —dijo, guiñándome un ojo. Parecía un poco borracho.

Titubeé, y Conrad espetó irritado:

—No le des eso. Es una cría, por Dios.

Lo miré furiosa.

—Deja de comportarte como Steven.

Por un momento consideré la posibilidad de aceptar la cerveza de Clay. Sería la primera. Pero sólo por despecho hacia Conrad, y no iba a permitirle que controlase mis acciones.

—No, gracias —le respondí.

Conrad asintió casi imperceptiblemente.

—Y ahora vuelve a la cama como una niña buena.

Me sentí como cuando él, Steven y Jeremiah me dejaban de lado a propósito. Me notaba las mejillas ardiendo cuando le dije:

—Sólo soy dos años menor que tú.

—Dos y cuarto —me corrigió automáticamente.

Clay rió y olí su aliento a levadura.

—Mierda, mi novia tenía quince. —Entonces me miró—. Ex novia.

Le dediqué una débil sonrisa mientras me apartaba de él y de su aliento. Pero la forma en que Conrad nos miraba, bueno, me gustaba. Me gustaba la idea de quitarle a uno de sus amigos, aunque sólo fuesen cinco minutos.

—¿Eso no es ilegal? —pregunté a Clay.

—Eres adorable, Belly.

Sentí que me ponía roja.

—Entonces, mmm, ¿por qué rompisteis? —inquirí, como si no lo supiese ya. Rompieron porque Clay es un imbécil, ése era el porqué. Clay siempre había sido un imbécil. De pequeño, daba Alka-Seltzer a las gaviotas porque le habían dicho que hacía que les explotara el estómago.

Clay se rascó la nuca.

—No lo sé. Tenía que ir al campamento de hípica o algo así. Las relaciones a distancia son una mierda.

—Pero sólo sería durante el verano —protesté—. Es una tontería romper por un solo verano. —Había estado enamorada de Conrad durante cursos enteros. Podía sobrevivir meses, años de un cuelgue. Era como mi alimento, me sustentaba. Si Conrad fuese mío, de ninguna manera rompería con él por un verano, ni mucho menos por un año de escuela.

Clay me miró con párpados caídos y ojos soñolientos y preguntó:

—¿Tienes novio?

—Sí —respondí y, sin poder contenerme, miré de reojo a Conrad. «¿Ves?», le estaba diciendo, «ya no soy una estúpida niña enamorada de doce años. Soy una persona real». Con un novio de verdad. ¿Qué importaba si no era cierto?

Conrad parpadeó, sin embargo su rostro se mantuvo igual, inexpresivo. Sin embargo, Jeremiah parecía sorprendido.

—Belly, ¿tienes novio? —Frunció el ceño—. Nunca me has hablado de él.

—Tampoco va tan en serio. —Tiré de una hebra deshilachada del cojín. Me empezaba a arrepentir de habérmelo inventado—. De hecho, en realidad es algo muy, muy informal.

—¿Ves? ¿Qué sentido tiene mantener una relación durante el verano? ¿Qué pasa si conoces a alguien? —Clay me guiño el ojo, guasón—. ¿Como ahora mismo?

—Ya nos conocimos, Clay. Hace unos diez años. —Tampoco era que me hubiera prestado atención.

Me dio un codazo suave.

—Encantado de conocerte. Me llamo Clay.

Reí, aunque no tenía gracia, porque parecía lo más correcto.

—Hola, soy Belly.

—Y bien, Belly, ¿vendrás a la fogata mañana por la noche? —me preguntó.

—Mmm, claro —respondí, intentando no mostrar demasiado entusiasmo.

Conrad, Steven y Jeremiah iban cada año a la gran fogata del Cuatro de Julio. Clay la celebraba en su casa porque siempre había un montón de fuegos artificiales en ese lado de la playa. Su madre siempre preparaba ingredientes para los *s'mores*. Una vez le pedí a Jeremiah que me trajese uno, y lo hizo. Estaba quemado y correoso, pero me lo comí de todos modos, y se lo agradecí igualmente. Era como un trocito de la fiesta. Nunca me dejaban acompañarlos y nunca intenté obligarlos a hacerlo. Observaba el espectáculo en pijama desde el porche de atrás, junto con Susannah y mi madre. Ellas bebían champán y yo sidra espumosa.

—Pensaba que habías venido a nadar —dijo Conrad en tono brusco.

—Dios, déjala en paz, Con —interrumpió Jeremiah—. Si tiene ganas de nadar, nadará.

Intercambiamos una mirada que quería decir: «¿Cómo es posible que Conrad se comporte siempre como un viejo?». Conrad sacudió la ceniza del cigarrillo dentro de su lata medio vacía.

—Haz lo que quieras —dijo.

—Lo haré —respondí, sacándole la lengua mientras me levantaba. Tiré la toalla y me zambullí en la piscina, un salto del ángel perfecto. Permanecí un momento sumergida. Después empecé a nadar de espaldas para escuchar a hurtadillas su conversación.

Oí a Clay decir en voz baja:

—Tío, Cousins empieza a hacerse pesado. Ya tengo ganas de volver.

—Sí, yo también —dijo Conrad.

Así que Conrad estaba listo para marcharse. Aunque

una parte de mí ya lo sabía, me dolió igualmente. Quería decirle «Pues vete de una vez. Si no quieres estar aquí, no lo estés. Vete». Pero no iba a permitir que Conrad me fastidiase, no cuando las cosas por fin empezaban a mejorar.

Por fin me habían invitado a la fiesta del Cuatro de Julio de Clay Bertolet. Era una de las chicas mayores. La vida era hermosa. O estaba a punto de serlo.

Me pasé todo el día pensado en lo que me iba a poner. Como nunca había asistido, no tenía ni idea de cómo vestirme. Seguramente haría un poco de frío, pero ¿quién iba a taparse en una fogata? Y mucho menos en la primera a la que iba. Tampoco quería que Conrad y Jeremiah me lo hicieran pasar mal si me arreglaba demasiado. Supuse que unos shorts, una camiseta de tirantes y sin zapatos sería la elección más segura.

Cuando llegamos, comprendí que me había equivocado. Las otras chicas llevaban vestidos de tirantes, minifaldas y botas Ugg. Si hubiese tenido amigas en Cousins, lo habría sabido.

—No me avisaste de que las chicas se iban a arreglar tanto —bufé a Jeremiah.

—Estás bien. No seas boba —dijo, dirigiéndose directamente al barril. No había galletas ni nubes a la vista.

Nunca había visto un barril de verdad. Sólo en las películas. Me dispuse a seguirle, pero Conrad me agarró del brazo.

—No bebas esta noche —me avisó—. Mi madre me matará si dejo que bebas.

Me desprendí de él.

—Tú no vas a «dejarme» hacer nada.

—Venga, ¿por favor?

—Ya veremos —respondí, alejándome de él en dirección a la hoguera. No estaba segura de si quería beber. Aunque había visto a Clay bebiendo la noche anterior, seguía esperando los *s'mores*.

Ir a la fogata estaba bien en teoría, pero en la práctica era otra cosa. Jeremiah estaba ligando con una chica que llevaba una falda vaquera y un biquini, y Conrad estaba hablando con Clay y otros chicos a los que no conocía. Creía que por el modo en que había flirteado conmigo la noche anterior, Clay vendría al menos a saludarme. Pero no lo hizo. Tenía el brazo alrededor de los hombros de una chica.

Permanecí junto al fuego, fingiendo calentarme las manos, aunque no tenía frío. Entonces le vi. También estaba solo y bebía de una botella de agua. Tampoco parecía conocer a nadie, ya que estaba ahí parado, sin nadie alrededor. Parecía de mi edad. Pero tenía algo que le daba un aire de seguridad y comodidad, como si fuese más joven que yo, aunque no lo era. Tuve que echarle unos cuantos vistazos de reojo para descubrir de qué se trataba. ¡Ajá!

Eran las pestañas. Las tenía tan largas que prácticamente le acariciaban los pómulos. Claro que tenía unos pómulos altos, pero daba igual. Tenía la mandíbula algo protuberante, y su piel era suave y clara, del color de los copos de coco tostados que se ponen en el helado. Su piel era perfecta. A mi modo de ver, todo en él era perfecto.

Era alto, más que Steven y que Jeremiah, quizá incluso

más que Conrad. Parecía medio blanco, medio japonés, tal vez coreano. Era tan guapo que sentí que podría dibujar su rostro, y eso que no sabía dibujar.

Me pilló mirándole y aparté la vista. Volví a mirar y me volvió a atrapar. Levantó la mano e hizo un saludo leve.

Sentí las mejillas ardiendo. No había nada que decir, excepto:

—Hola.

Caminé hasta él, le di la mano y me arrepentí al instante. Ya nadie se daba la mano.

Me tomó la mano y la estrechó. Al principio no dijo nada, se me quedó mirando, como si intentara descifrar algo.

—Tu cara me suena —dijo por fin.

Intenté no sonreír. ¿No era eso lo que decían los chicos a las chicas cuando se las intentaban ligar en un bar? Me pregunté si me habría visto en la playa con mi nuevo biquini de lunares. Sólo había tenido el coraje de ponérmelo una vez pero, quizá gracias a él, ese chico se había fijado en mí.

—¿Es posible que me hayas visto en la playa?

Negó con la cabeza.

—No... No es eso.

Así que no había sido el biquini. Lo intenté de nuevo.

—¿Quizá en Scoops, la heladería?

—No eso tampoco —respondió. De golpe fue como si se le encendiese una bombilla porque sonrió repentinamente.

—¿Estudiabas latín?

Pero ¿qué demonios...?

—Mmm... Sí.

—¿Asististe a la Convención Latina en Washington? —inquirió.

—Sí —le dije. Pero ¿quién era este tío?

Asintió, satisfecho. Yo también.

—En octavo, ¿verdad?

—Sí... —En octavo llevaba aparato dental y gafas. Detestaba que me conociera de entonces. ¿Por qué no había podido conocerme ahora, con mi biquini de lunares?

—De eso es de lo que te conozco. ¡Estaba ahí parado intentando ubicarte! —Sonrió de oreja a oreja—. Me llamo Cam, pero mi nombre latino era Sextus. Salve.

De repente, la risa empezó a subirme por el pecho como las burbujas de un refresco. Tenía gracia.

—Salve. Soy Flavia. Quiero decir, Belly. Quiero decir que me llamo Isabel, pero todos me llaman Belly.

—¿Por qué? —Me miró como si de verdad se lo preguntara.

—Es el apodo que me puso mi padre cuando era pequeña. Le parecía que Isabel era un nombre demasiado largo —expliqué—. Todo el mundo me llama así. Es una bobada.

Ignoró la última parte y dijo:

—¿Por qué no Izzy? ¿O Belle?

—No sé. En parte es porque las Jelly Bellys eran mis golosinas favoritas. Solíamos jugar a un juego, mi padre me preguntaba de qué humor estaba y yo le contestaba con sabores de Jelly Bellys. Por ejemplo, ciruela si estaba de buen humor... —Mi voz se fue apagando. Cuando estaba nerviosa parloteaba, y estaba definitivamente nerviosa. Siempre había detestado el nombre de Belly, en parte porque ni siquiera era mi nombre real. Era un apodo infantil, no un nombre de verdad. Isabel, en cambio, era el nombre de un tipo de chica exótica que viajaba a sitios como Marruecos y Mozambique, que llevaba las uñas pintadas de rojo todo el año y un flequillo oscuro. Belly era el tipo de nombre que conjuraba imágenes de niños regordetes y de hombres en camisetas sin mangas.

—Tampoco me gusta Izzy, pero estaría bien que me llamaran Belle. Es más bonito.

—También lo es lo que significa. Bella —asintió.

—Lo sé. Estoy en francés avanzado —dije yo.

Cam respondió algo en francés, tan de prisa que no pude entenderlo.

—¿Qué? —proferí. Me sentía idiota. Es embarazoso hablar en francés fuera del aula. Conjugar verbos es una cosa, pero hablarlo de verdad, con una persona francesa real, es una cosa muy distinta.

—Mi abuela es francesa —aclaró—. Crecí hablándolo.

—Ah. —Ahora me sentía estúpida por presumir de estar en clase de francés avanzado.

—¿Sabes?, la v se tiene que pronunciar w.

—¿Qué?

—En Flavia. Se pronuncia Fla-wia.

—Ya lo sé —espeté—. Gané el segundo puesto en oratoria. Pero Flawia suena estúpido.

—Yo gané el primero —clarificó, intentando no sonar engreído. De repente me vino a la memoria la imagen de un chico con una camiseta negra y una corbata de rayas, dejando a todo el mundo de piedra con su discurso de Catulo y quedándose con el primer premio. Era él.

—¿Por qué lo elegiste si te parecía estúpido?

Suspiré.

—Porque Cornelia estaba pillado. Todas querían ser Cornelia.

—Sí. Los chicos también querían ser Sextus.

—¿Por qué? —dije, y me arrepentí al momento—. Ah. Olvídalo.

Cam se rió.

—El sentido del humor de los alumnos de octavo no está muy desarrollado.

Yo también me reí. Después le pregunté:

—¿Así que tú también estás en una casa de por aquí?

—Alquilamos una casa a dos manzanas. Mi madre me obligó a venir —respondió Cam, rascándose la coronilla avergonzado—. ¿Y tú qué? ¿Por qué has venido, Isabel?

Me sobresalté al oír mi nombre real. Le salió con naturalidad. Me sentí como en el primer día de clase, pero me gustó.

—No lo sé —repuse—. Supongo que porque Clay me invitó.

Todo lo que me salía de la boca sonaba tan genérico. Por alguna razón, deseaba impresionar a ese chico. Quería gustarle. Podía sentir cómo me juzgaba a mí y las tonterías que decía. Quería decirle: «Yo también soy inteligente». Me dije que daba igual, que no importaba si me creía o no inteligente. Pero importaba.

—Creo que me marcharé pronto —comentó, terminándose el agua. No me miró al decir:

»¿Quieres que te lleve?

—No —respondí. Intenté tragarme mi decepción porque se marchara temprano—. He venido con esos chicos de ahí. —Señalé a Conrad y a Jeremiah.

Asintió.

—Lo suponía, por la forma en que tu hermano no dejaba de mirarnos.

Casi me atraganto.

—¿Mi hermano? ¿Quién? ¿Él? —Señalé a Conrad. No nos estaba mirando. Estaba pendiente de una rubia con una gorra de los Red Sox. Estaba riendo y eso que nunca reía.

—Sí.

—No es mi hermano. Intenta actuar como tal, pero no lo es —aclaré—. Se cree que es el hermano mayor de todo el mundo. Es tan condescendiente... Pero ¿por qué te marchas tan pronto? Te vas a perder los fuegos artificiales.

Se aclaró la garganta como si se sintiese incómodo.

—Mmm, pensaba ir a casa a estudiar.

—¿Latín? —Me tapé la boca con la mano para evitar que se me escapara la risa.

—No. Estoy estudiando a las ballenas. Quiero conseguir una beca de prácticas en un barco de observación ballenera, y tengo el examen la semana que viene —explicó, rascándose una vez más la coronilla.

—Ah. Mola —dije yo. Deseé que no se marchara tan pronto. No quería que se fuese. Era agradable. De pie a su lado me sentía como Pulgarcita, pequeña y preciosa, por lo alto que era él. Si se marchaba, volvería a estar sola.

—¿Sabes qué?, creo que me iré contigo. Espera aquí. En seguida vuelvo.

Fui corriendo hasta Conrad, caminaba tan de prisa que levantaba arena con los pies.

—Eh, me van a llevar a casa —le dije sin aliento.

La rubia de la gorra de los Red Sox me miró de arriba abajo.

—Hola —dijo.

Conrad contestó:

—¿Quién?

Señalé a Cam.

—Él.

—No te vas a marchar con ningún desconocido —respondió con rotundidad.

—Claro que le conozco. Es Sextus.

Entornó los ojos.

—Sex ¿qué?

—Da igual. Se llama Cam, estudia a las ballenas y tú no decides con quién me marcho a casa. Te lo hacía saber en señal de cortesía, no te pedía permiso. —Empecé a alejarme, pero me agarró del codo.

—Me da igual lo que esté estudiando. No va a pasar —dijo en tono casual, pero me agarraba con fuerza—. Si te quieres ir, yo te llevaré.

Respiré hondo. Tenía que mantener la calma. No iba a dejar que me provocase para acabar comportándome como una niña, no delante de toda esa gente.

—No, gracias —le respondí, intentando alejarme otra vez. Pero no me soltó.

—Pensaba que ya tenías novio. —Su tono era burlón, y comprendí que no se había creído mi mentira de la noche anterior.

Deseaba tanto lanzarle un puñado de arena en la cara. Retorcí el brazo para escapar.

—¡Suéltame! ¡Me estás haciendo daño!

Me soltó inmediatamente, con la cara roja. Pero quería avergonzarlo como él había hecho conmigo. Dije a voz en grito:

—¡Antes me marcharía con un desconocido que con alguien que ha estado bebiendo!

—Sólo he tomado una cerveza. Peso sesenta y cinco kilos. Espera media hora y te llevaré. Deja ya de comportarte como una mocosa —replicó.

Sentía las lágrimas chispeándome en los ojos. Miré hacia atrás para ver si Cam nos estaba observando. Así era.

—Eres un gilipollas.

Me miró directamente a los ojos y dijo:

—Y tú eres una niñata de cuatro años.

Mientras me alejaba, escuché a la chica preguntar:

—¿Es tu novia?

Me volví como un torbellino y los dos contestamos a la vez:

—¡No!

Confundida, dijo:

—Entonces ¿es tu hermana pequeña? —Como si yo no estuviese allí. Su perfume era dulzón. Parecía llenar el aire que nos rodeaba, como si la estuviésemos respirando.

—No, no soy su hermana pequeña. —Detestaba a la chica por ser testigo de mi humillación. Además era guapa, el mismo tipo de belleza que Taylor, lo que de algún modo empeoraba las cosas.

Conrad dijo:

—Su madre es la mejor amiga de mi madre. —¿Conque eso era todo? ¿La hija de la amiga de su madre?

Volví a respirar profundamente y, sin pensar, le dije a la chica:

—Conozco a Conrad de toda la vida, déjame que te diga que estás ladrando al árbol equivocado. Conrad nunca va a querer a nadie tanto como se quiere a sí mismo, ya sabes a lo que me refiero. —Levanté la mano y meneé los dedos.

—Cállate, Belly —me advirtió Conrad. Las puntas de las orejas se le estaban poniendo rojas. Era un golpe bajo, pero no me importaba. Se lo merecía.

La chica de los Red Sox frunció el ceño.

—¿De qué está hablando, Conrad?

A ella le solté:

—Oh disculpa, ¿es que no sabes lo que significa la frase «ladrar al árbol equivocado»?

Se le torció la cara.

—Zorra enana —silbó.

Empecé a encogerme. Deseé poder retirarlo. Nunca me había metido en una pelea con una chica, ni con nadie, de hecho.

Afortunadamente, Conrad se interpuso y señaló hacia la hoguera.

—Belly, ve allí y espera a que venga a buscarte —ordenó con severidad.

Fue en ese momento cuando Jeremiah vino caminando tranquilamente.

—Ey, ey, ¿qué está pasando? —preguntó, con su sonrisa amable y un poco boba.

—Tu hermano es un imbécil —le respondí—. Eso es lo que ocurre.

Jeremiah me pasó el brazo por encima. Olía a cerveza.

—Sed buenos, ¿me oís?

Me lo quité de encima y dije:

—Yo me estoy portando bien. Dile a tu hermano que haga lo mismo.

—Espera un momento, ¿vosotros también sois hermanos? —inquirió la chica.

Conrad dijo:

—Ni se te ocurra marcharte con ese tío.

—Cálmate, Con —intercedió Jeremiah—. No se va a marchar. ¿No es cierto, Belly?

Me miró y asentí con los labios apretados. Después eché a Conrad la mirada más llena de odio de la que fui capaz, y otra a la chica, cuando estuve lo bastante lejos como para que no pudiese agarrarme del pelo. Volví a la hoguera, intentando mantener la espalda derecha, pero por dentro me sentí como una niña a la que habían reñido en su propia fiesta de cumpleaños. No era justo que me tratasen como a una niña cuando no lo era. Apuesto a que esa chica tenía la misma edad que yo.

Cam dijo:

—¿De qué iba eso?

Le dije, reprimiendo las lágrimas:

—Vámonos ya.

Titubeó, echando la mirada atrás hacia Conrad.

—No creo que sea buena idea, Flavia. Pero me quedaré un rato aquí contigo. Las ballenas pueden esperar.

Quise besarlo allí mismo. Deseaba olvidar que conocía a Conrad y estar únicamente ahí, existiendo en la burbuja de ese momento. Explotó el primer cohete en algún lugar por encima de nosotros. Sonó como una tetera silbando fuerte y orgullosa. Era dorado y explotó en un millón de motas doradas, como confeti sobre nuestras cabezas.

Nos sentamos junto al fuego y él me habló de ballenas y yo le expliqué tonterías como lo de ser secretaria del club de francés o que mi comida favorita era el sándwich de lomo. Él comentó que era vegetariano. Debimos de estar ahí sentados durante una hora. Sentía a Conrad observándonos y estaba tentada de hacerle un corte de mangas; no soportaba que hubiese ganado.

Cuando empezó a refrescar, me restregué los brazos y Cam se quitó la sudadera y me la dio. Lo que era una especie de sueño hecho realidad: tener frío y que un chico te dé su sudadera en vez de presumir de lo listo que ha sido al traerla.

En la camiseta que llevaba debajo ponía Straight Edge con la imagen de una cuchilla de afeitar.

—¿Qué significa? —pregunté, mientras cerraba la cremallera de la sudadera. Era cálida y olía a chico, pero en el buen sentido.

—Yo soy *straight edge*. No bebo ni tomo drogas. Antes era bastante *hardcore*, no tomaba medicamentos, ni cafeína, pero lo he dejado —dijo.

—¿Por qué?

—¿Por qué era tan *hardcore* o por qué lo dejé?

—Ambos.

—No creo en contaminar el propio cuerpo con cosas no naturales —explicó—. Lo dejé porque estaba volviendo loca a mi madre. Y echaba mucho de menos el Dr Pepper.

A mí también me gustaba Dr Pepper. Me alegré de no haber estado bebiendo. No quería que pensara mal de mí. Quería que pensara que era guay, el tipo de chica a la que no le importaba lo que pensaran los demás, el tipo de persona que estaba claro que él era. Quería ser su amiga. También quería besarlo.

Cam se fue a la vez que nosotros. Se puso de pie en cuanto vio acercarse a Jeremiah.

—Hasta la vista, Flavia —dijo.

Empecé a quitarme la sudadera, pero me interrumpió.

—Da igual. Puedes dármela en otro momento.

—Espera, te daré mi número. —Extendí la mano para que me diese su móvil. Nunca le había dado mi número a un chico. Mientras lo marcaba en su teléfono, me sentí orgullosa de mí misma.

Se apartó y guardó el teléfono en el bolsillo, mientras decía:

—Habría encontrado alguna forma de recuperarla sin tu número. Soy inteligente. Primer premio en oratoria ¿recuerdas?

Reprimí mi sonrisa mientras me alejaba.

—¡No eres tan listo! —grité. Sentí que nuestro encuentro era cosa del destino. Pensé que era lo más romántico que me había ocurrido nunca, y lo era.

Observé cómo Conrad se despedía de la chica de los Red Sox. Ella le dio un abrazo y él se lo devolvió, pero no en serio. Me alegré de haberle arruinado la noche, aunque sólo fuese un poco.

De camino al coche, una chica me paró. Llevaba el pelo rubio recogido en dos coletas y una camisa con un escote muy pronunciado.

—¿Te gusta Cam? —preguntó la chica en tono despreocupado. Me pregunté de qué se conocerían. Pensaba que era un don nadie como yo.

—Casi no le conozco —respondí, y se le relajó el rostro. Reconocí esa mirada, soñadora y esperanzada. Yo debía de tener el mismo aspecto cuando hablaba de Conrad e intentaba encontrar formas de insertar su nombre en la conversación. Me hizo sentir pena por ella, y también por mí.

—He visto cómo te hablaba Nicole —soltó de pronto—. No te preocupes por ella. Es una persona horrible.

—¿La chica de la gorra de los Red Sox? Sí, se le da mal esto de ser persona —contesté. Y le hice adiós con la mano mientras Jeremiah, Conrad y yo íbamos hacia el coche. Condujo Conrad. Estaba completamente sobrio y yo sabía que lo había estado desde el principio. Echó un vistazo a la sudadera de Cam, pero no dijo nada. No nos dirigimos la palabra ni una sola vez. Jeremiah y yo estábamos sentados atrás y él intentó bromear, pero nadie rió. Estaba demasiado ocupada pensando, recordando todo lo ocurrido esa noche. Pensé: «Ésta puede haber sido la mejor noche de toda mi vida».

En mi anuario del año anterior, Sean Kirkpatrick escribió que yo «tenía unos ojos tan cristalinos» que podía «verme el alma». Sean era aficionado al teatro, pero y qué. Taylor se rió por lo bajo cuando se lo enseñé. Dijo que sólo Sean Kirkpatrick se fijaría en el color de mis ojos cuando el resto de chicos estaban ocupados mirándome el pecho. Pero éste no era Sean Kirkpatrick. Éste era Cam, un chico de verdad que se había fijado en mí incluso antes de que fuese guapa.

Me estaba cepillando los dientes en el baño de arriba cuando entró Jeremiah, cerrando la puerta a sus espaldas. Agarrando el cepillo de dientes, dijo:

—¿Qué pasa contigo y con Conrad? ¿Por qué estáis tan enfadados? —Subió al lavabo de un salto.

Jeremiah no soportaba las peleas. Ésa era parte de la razón por la que siempre hacía el payaso. Se responsabilizaba a sí mismo de aportar un poco de ligereza a cada situación. Era dulce, pero también un poco irritante.

A través de la pasta de dientes respondí:

—Mmm... ¿porque es un neo-maxi-zoom-memo que se cree moralmente superior?

Los dos nos reímos. Era nuestra broma privada, una frase de *El club de los cinco* que nos pasamos repitiendo el verano en el que yo tenía ocho años y él nueve.

Se aclaró la garganta.

—Ahora en serio, no seas tan dura con él. Está pasando por algo.

Eso era nuevo para mí.

—¿El qué? ¿Qué le pasa? —inquirí.

Jeremiah vaciló.

—No es cosa mía explicarlo.

—Venga ya. Nosotros nos lo explicamos todo, Jere. Sin secretos, ¿recuerdas?

Sonrió.

—Me acuerdo. Pero sigo sin poder contarlo. No es mi secreto.

Cerré el grifo con el ceño fruncido.

—Siempre te pones de su lado.

—No me pongo de su lado, sólo te explico su lado.

—Es lo mismo.

Alargó la mano y me subió las comisuras de los labios en forma de sonrisa. Era uno de sus trucos más antiguos, siempre me hacía reír.

—Nada de pucheros, Bells, ¿te acuerdas?

Nada de pucheros era una norma que Conrad y Jeremiah se habían inventado un verano. Creo que tenía ocho o nueve años. La cuestión era que sólo se me aplicaba a mí.

Incluso colgaron un cartel en la puerta de mi habitación. Lo arranqué y se lo conté en seguida a Susannah y a mi madre. Esa noche pude repetir postre, aún lo recuerdo. Cada vez que estaba un poco triste o infeliz, uno de los chicos empezaba a gritar:

—¡Nada de pucheros! ¡Nada de pucheros! —Y vale, quizá me enfadaba a menudo, pero era la única forma de conseguir lo que quería. En algunos sentidos era muy duro ser la única chica por aquel entonces. En otros, no tanto.

Capítulo veintidós

Esa noche dormí con la sudadera de Cam puesta. Fue una estupidez y una ñoñería, pero no me importaba. Y al día siguiente me la puse para salir a la calle, aunque hacía un calor de espanto. Me gustaba que tuviera las mangas deshilachadas porque se notaba que la habían usado a menudo. Se notaba que era de un chico.

Cam fue el primer chico que me había prestado atención de esa manera, el primero en mostrar abiertamente que quería pasar tiempo conmigo. Y al que no le avergonzaba.

Al despertar me di cuenta de que le había dado el teléfono de la casa. No sabía por qué. Podría haberle dado mi móvil sin problemas.

Estaba pendiente de que sonara el teléfono, aunque nunca llamaban a la casa de verano. La única que lo hacía era Susannah, intentando decidir qué tipo de pescado queríamos para cenar, o mi madre, que llamaba a Steven para que metiera las toallas en la secadora o para que encendiera la parrilla.

Me quedé en la terraza, tomando el sol y leyendo revistas con la sudadera de Cam hecha una bola en el regazo como si fuese un animal de peluche. Con las ventanas abiertas sabía que oiría el teléfono.

Me unté primero de protección solar y luego me puse dos capas de aceite bronceador. No estaba segura de si era contradictorio o qué, pero resolví que era mejor prevenir que curar. Preparé una pequeña provisión de Kool-Aid de cereza en un botella usada de agua, además de una radio, las gafas de sol y las revistas. Las gafas me las había comprado Susannah hacía años. A Susannah le encantaba hacer regalos. Cuando salía a hacer recados, siempre volvía a casa con obsequios. Cositas pequeñas, como ese par de gafas de sol rojas en forma de corazón que, según ella, tenían que ser mías. Siempre sabía lo que me iba a gustar, incluso cosas en las que nunca habría pensado y que no se me habría ocurrido comprar. Cosas como loción para los pies de lavanda o un monedero de seda guateado para los pañuelos.

Mi madre y Susannah se habían marchado temprano para una de sus visitas a las galerías de arte de Dyestown, y Conrad, gracias a Dios, ya se había ido a trabajar. Jeremiah estaba dormido, así que la casa era mía.

En teoría, la idea de broncearse parece divertida. Tumbarse al sol bebiendo refrescos, amodorrarse como un gato. Pero en la práctica resulta de lo más aburrido. Además de tórrido. Preferiría mil veces flotar en el océano, tomando el sol de esa manera, que tumbarme al sol sudando. También dicen que te pones moreno más de prisa si estás mojado.

Pero esa mañana no tenía elección. Por si llamaba Cam,

claro. Así que permanecí allí, sudando y chisporroteando como un pollo en la parrilla. Aburrido, pero necesario. Un poco después de la diez, sonó el teléfono. Me levanté de un salto y corrí a la cocina.

—¿Hola? —dije casi sin aliento.

—Hola, Belly. Soy el señor Fisher.

—Oh, hola, señor Fisher —respondí, intentando no sonar decepcionada.

Carraspeó.

—Bueno, ¿cómo van las cosas por ahí abajo?

—Bastante bien. Susannah no está en casa. Mi madre y ella han ido a Dyerston a visitar una galería.

—Comprendo... ¿Cómo están los chicos?

—Bien... —Nunca sabía qué decirle al señor Fisher—. Conrad está trabajando y Jeremiah aún duerme. ¿Quiere que lo despierte?

—No, no hace falta.

Se hizo una pausa incómoda y me esforcé por encontrar algo que decir.

—¿Vendrá este fin de semana? —pregunté

—No, éste no —contestó. Su voz sonaba muy lejana—. Llamaré luego. Pásalo bien, Belly.

Colgué el teléfono. El señor Fisher aún no había bajado a Cousins. Normalmente venía el fin de semana después del Cuatro de Julio, porque después del festivo era más fácil escapar del trabajo. Cuando venía, tenía la barbacoa encendida todo el fin de semana y se ponía un delantal en el que ponía «El chef sabe lo que se hace». Me pregunté si Susannah se iba a entristecer o si a los chicos les iba a importar.

Me arrastré hasta la tumbona, de vuelta al sol. Me quedé allí dormida y me desperté con Jeremiah rociándome Kool-Aid en el estómago.

—Para ya —gruñí, incorporándome. Estaba sedienta por culpa del Kool-Aid extra dulce (siempre lo preparaba con el doble de azúcar) y me sentía sudada y deshidratada.

Rió y se sentó en mi tumbona.

—¿Es esto lo que vas a hacer todo el día?

—Sí —respondí, limpiándome el abdomen y secándome las manos en sus pantalones.

—No seas aburrida. Ven a hacer algo conmigo —ordenó—. No tengo que trabajar hasta la noche.

—Estoy cultivando mi bronceado —le dije.

—Ya estás lo bastante morena.

—¿Me dejarás conducir?

Dudó un momento.

—Vale —respondió—. Pero primero tienes que lavarte. No quiero que me empapes de aceite los asientos.

Me levanté y me hice una coleta con mi pelo lacio y grasiento.

—Ya voy. Espera un momento —contesté.

Jeremiah me esperó en el coche con el aire acondicionado a tope. Se sentó en el asiento del copiloto.

—¿Adónde vamos? —pregunté, acomodándome en el asiento del conductor. Me sentía como una profesional—. ¿Tennessee? ¿Nuevo México? Tiene que ser lejos para que pueda practicar a fondo.

Cerró los ojos y se apoyó en el reposacabezas.

Gira a la izquierda en el camino de entrada —apuntó.

—¡Sí, señor! —dije yo, apagando el aire acondicionado y abriendo las cuatro ventanillas. Conducir con las ventanas bajadas era infinitamente mejor. Era como si estuviésemos yendo de verdad a algún sitio.

Continuó dándome indicaciones y, finalmente, aparcamos en el circuito de karts.

—¿En serio?

—Vamos a practicar un poco con el coche —dijo con una sonrisa de loco.

Hicimos cola para entrar en los karts; cuando llegó nuestro turno, el chico me dijo que entrara en el azul.

—¿Puedo quedarme con el rojo? —contesté.

Me guiñó el ojo y dijo:

—Eres tan guapa que te dejaría conducir mi coche.

Noté que me sonrojaba, pero aquello me gustaba. El chico era mayor que yo y me estaba prestando atención. Era increíble. Le había visto el verano anterior y no me había mirado ni una vez.

Mientras entraba en el kart junto al mío, Jeremiah farfulló:

—Pero qué tipo más patético, a ver si se busca un trabajo de verdad.

—¿Como el de socorrista? —rebatí.

Jeremiah frunció el ceño.

—Arranca de una vez.

Cada vez que daba una vuelta a la pista, el chico me saludaba con la mano. La tercera vez, le devolví el saludo.

Nos quedamos en el circuito hasta que a Jeremiah se le hizo la hora de ir a trabajar.

—Creo que ya has conducido bastante por un día —dijo fregándose el cuello—. Yo conduzco hasta casa.

No se lo discutí. Condujo de prisa, me dejó en la esquina y se marchó al trabajo. Entré en casa sintiéndome molida y bronceada. Y también satisfecha.

—Un tal Cam ha llamado preguntando por ti —informó mi madre. Estaba sentada a la mesa de la cocina leyendo el periódico con las gafas de pasta. No levantó la vista.

—¿De verdad? —pregunté cubriéndome la sonrisa con el dorso de la mano—. ¿Ha dejado algún número?

—No —respondió—. Dijo que volvería a llamar.

—¿Por qué no se lo has pedido? —repuse, detestando el quejido de mi voz, pero cuando se trataba de mi madre no podía evitarlo.

Entonces me miró perpleja y dijo:

—No lo sé. No me lo ha ofrecido. ¿Y quién es Cam, por cierto?

—Olvídalo —le contesté abriendo la nevera en busca de una limonada.

—Tú sabrás —dijo mi madre volviendo al periódico.

No insistió. Nunca lo hacía. Al menos, podría haber conseguido su número. Si Susannah hubiese estado en su lugar, me habría hablado con voz cantarina, pinchando y fisgoneando hasta que le hubiese explicado todos los detalles. Cosa que yo habría hecho encantada.

—El señor Fisher ha llamado está mañana —comenté.

Mi madre volvió a levantar la vista.

—¿Qué te ha dicho?

—No mucho. Sólo que no puede venir este fin de semana.

Frunció los labios, pero no dijo nada.

—¿Dónde está Susannah? —pregunté—. ¿Está en su habitación?

—Sí, pero no se encuentra bien. Está haciendo la siesta —aclaró mi madre. En otras palabras, «no subas a molestarla».

—¿Qué le ocurre?

—Tiene un resfriado veraniego —contestó automáticamente. Mi madre no sabía mentir. Susannah había estado pasando mucho tiempo en su dormitorio y la rodeaba un halo de tristeza que antes no estaba ahí. Sabía que pasaba algo, sólo que aún no estaba del todo segura de qué era.

Capítulo veintitrés

Cam volvió a llamar a la noche siguiente y también la noche después. Hablamos por teléfono dos veces antes de volver a vernos, unas cuatro o cinco horas cada vez. Mientras charlábamos, me tumbaba en uno de los sillones del porche y observaba la luna con los dedos de los pies apuntando al cielo. Reí tanto que Jeremiah me gritó desde su ventana que bajara la voz. Hablábamos de todo tipo de cosas y aquello me encantaba, pero no dejaba de preguntarme cuándo me invitaría a quedar. No lo hizo.

Así que me vi obligada a tomar las riendas. Invité a Cam a jugar a los videojuegos y a nadar. Me sentí como una mujer liberada al llamarle para que viniese a casa, como si fuese algo que hacía continuamente. Cuando, en realidad, sólo lo había hecho porque sabía que no habría nadie en casa. No quería que Jeremiah, Conrad, mi madre o incluso Susannah le conociesen aún. Por el momento, era sólo mío.

—Soy una gran nadadora, así que no te enfades cuando te derrote en una carrera —le dije por teléfono.

Se rió y preguntó:

—¿Estilo libre?

—En todos los estilos.

—¿Por qué te gusta tanto ganar?

No tenía respuesta para eso, excepto que ganar era divertido y, de todas formas, ¿a quién no le gustaba ganar? Creciendo con Steven y pasando los veranos con Jeremiah y Conrad, la victoria era importante, especialmente porque era una chica y nadie esperaba que ganase. La victoria es un millón de veces más dulce cuando eres el último mono.

Cam vino a casa y contemplé cómo se acercaba en coche desde la ventana de mi dormitorio. Tenía un coche azul marino, de aspecto viejo y destartalado. Como su sudadera, que yo ya había planeado quedarme. Era exactamente el tipo de coche que encajaba con él.

Llamó al timbre y fui volando escaleras abajo para abrir la puerta.

—Hola —le dije. Llevaba puesta su sudadera.

—Ésa es mi sudadera —respondió dirigiéndome una sonrisa.

—¿Sabes qué? Estaba pensado en quedármela —aclaré dejándole entrar y cerrando la puerta a mis espaldas—. Pero no aspiro a que me la des gratis. Nos la jugaremos a una carrera.

—Pero si participo, no puedes enfadarte si gano —repuso levantando una ceja—. Es mi sudadera favorita y, si gano, se viene conmigo.

—Ningún problema —le aseguré.

Salimos a la piscina por la puerta de atrás. Me despojé de los shorts, la camiseta y la sudadera rápido, sin pensar;

Jeremiah y yo hacíamos carreras todo el tiempo en la piscina. Ni se me pasó por la cabeza sentirme cohibida por estar en biquini delante de Cam. Al fin y al cabo, en esa casa pasábamos todo el verano en traje de baño.

Pero él apartó la vista de prisa y se quitó la camiseta.

—¿Lista? —preguntó de pie junto al borde de la piscina.

Me puse a su lado.

—¿Una vuelta completa? —le consulté metiendo un pie en el agua.

—Claro —respondió—. ¿Quieres un poco de ventaja?

Solté una risotada.

—¿La quieres tú?

—*Touché* —dijo con una sonrisa enorme.

Nunca había escuchado a un chico usar la palabra «*touché*». Ni a nadie, de hecho. Quizá a mi madre. Pero a él le sentaba bien. Le hacía diferente.

Gané la primera carrera con facilidad.

—Me has dejado ganar —le acusé.

—No es verdad —repuso, pero sabía que mentía. En todos los veranos y en todas las carreras, ningún chico, ni Conrad, ni Jeremiah y mucho menos Steven me habían dejado ganar.

—Será mejor que lo des todo esta vez —le advertí—. O me quedo la sudadera.

—Al mejor de tres —respondió Cam apartándose el pelo de los ojos.

Venció en la siguiente carrera y yo en la última. No estaba del todo convencida de que no me hubiese dejado ganar; después de todo, era alto y una de sus brazadas equivalía a dos de las mías. Pero quería la sudadera, así que no puse en entredicho la victoria. A fin de cuentas, una victoria es una victoria.

Cuando llegó la hora de marcharse, lo acompañé hasta el coche. No entró en seguida. Hubo una larga pausa, por increíble que parezca, la primera que habíamos tenido. Cam carraspeó y dijo:

—Resulta que Kinsey, un chico que conozco, celebra una fiesta mañana por la noche. ¿Quieres venir?

—Sí —respondí al instante—. Quiero ir.

Cometí el error de mencionarlo la mañana siguiente durante el desayuno. Mi madre y Susannah habían salido a comprar. Sólo estábamos los chicos y yo, igual que durante casi todo ese verano.

—Esta noche voy a una fiesta —lo solté en parte por el gusto de escucharlo en voz alta y en parte para fanfarronear.

Conrad alzó las cejas y dijo:

—¿Tú?

—¿A qué fiesta? —inquirió Jeremiah—. ¿La de Kinsey?

Bajé el zumo.

—¿Cómo lo has sabido?

Jeremiah rió y meneó un dedo delante de mi cara.

—Sé todo lo que pasa en Cousins, Belly. Soy el socorrista. Es como ser el alcalde. Greg Kinsey trabaja en la tienda de surf del centro comercial.

Con el ceño fruncido, Conrad preguntó:

—¿No es Greg Kinsey el que vende metanfetaminas desde el maletero de su coche?

—¿Qué? No. Cam no sería amigo de alguien así —dije yo a la defensiva.

—¿Quién es Cam? —indagó Jeremiah.

—El chico que conocí en la fogata de Clay. Me invitó a acompañarle a la fiesta y yo le dije que sí.

—Lo siento. Pero no vas a ir a la fiesta de ningún adicto a la metanfetamina —objetó Conrad.

Era la segunda vez que Conrad intentaba decirme lo que debía hacer. ¿Quién se creía que era? Tenía que ir a la fiesta. No me importaba si había drogas o no, pensaba ir de todos modos.

—¡Te estoy diciendo que Cam no sería amigo de alguien así! Cam es *straight edge.*

Conrad y Jeremiah soltaron una risotada. En momentos como ésos, se convertían en un equipo.

—¿Es *straight edge*? —dijo Jeremiah reprimiendo una sonrisa—. Estupendo.

—Muy guay —convino Conrad.

Miré a ambos con furia. Primero no querían que saliese con drogadictos y ahora ser *straight edge* tampoco era guay.

—No toma drogas, ¿vale? Así que dudo mucho que sea amigo de un camello.

Jeremiah se rascó la mejilla y dijo:

—¿Sabes qué?, creo que el traficante de metanfetaminas es Greg Rosenberg. Greg Kinsey mola bastante. Tiene una mesa de billar. Seguramente yo también me pasaré por la fiesta.

—¿Qué? ¿Cómo? —Me entró el pánico.

—Yo también iré —dijo Conrad—. Me gusta el billar.

Conrad se apoyó en el respaldo de la silla y cruzó las manos detrás de la cabeza.

—No te preocupes, Belly. No te molestaremos durante tu gran cita.

—A menos que te ponga las manos encima. —Jeremiah

restregó el puño en la mano amenazadoramente, y frunció el ceño—. Si lo hace está muerto.

—Esto no puede estar pasando —gemí—. Os lo ruego, chicos. No vengáis. Por favor, por favor, no vengáis.

Jeremiah no me hizo caso.

—Con, ¿qué vas a ponerte?

—Aún no lo he pensado. ¿Los caquis quizá? ¿Y tú, qué te vas a poner?

—Os odio —dije yo.

Las cosas habían estado raras entre Conrad y yo y también con Jeremiah; una idea imposible se me metió en la cabeza. ¿Podía ser que no me quisieran ver con Cam? ¿Porque sentían algo por mí? ¿Era eso posible? Lo dudaba. Para ellos era como una hermana pequeña. Sólo que no lo era.

Cuando acabé de arreglarme y ya casi era la hora de marcharme, pasé por la habitación de Susannah para despedirme. Mi madre y ella estaban ordenando viejas fotos. Susannah ya estaba lista para ir a la cama aunque aún era temprano. Tenía las almohadas apuntaladas a su alrededor y llevaba una de las túnicas de seda que el señor Fisher le había comprado en un viaje de negocios a Hong Kong. Tenía un estampado de amapolas sobre un fondo de color crema; cuando me casara, quería una exactamente igual.

—Siéntate y ayúdanos con el álbum —dijo mi madre rebuscando en una vieja sombrerera a rayas.

—Laurel, ¿no ves que está lista para salir? Tiene mejores cosas que hacer que andar mirando fotos antiguas y cubiertas de polvo.

Susannah me guiñó el ojo.

—Belly, te veo fresca como una rosa. Me encantas vestida de blanco con ese bronceado. Acentúa tu belleza.

—Gracias, Susannah —respondí.

Tampoco iba tan arreglada, pero no llevaba shorts como la noche de la fogata. Había escogido un vestido blanco de tirantes y sandalias, y me había trenzado el pelo cuando aún estaba húmedo. Sabía que probablemente se me desharían las trenzas en una media hora de lo apretadas que estaban. Pero no me importaba. Me quedaban bien.

—Estás preciosa. ¿Adónde vas? —me preguntó mi madre.

—A una fiesta —contesté.

Mi madre frunció el ceño y dijo:

—¿Conrad y Jeremiah van también?

—No son mis guardaespaldas —repuse poniendo los ojos en blanco.

—No he dicho que lo fuesen —alegó mi madre.

Susannah hizo un ademán de despedida y dijo:

—¡Que te diviertas, Belly!

—Lo haré —respondí cerrando la puerta antes de que mi madre pudiese hacer más preguntas.

Confiaba en que Conrad y Jeremiah estuviesen bromeando y que en realidad no tuviesen intención de ir. Pero cuando bajé la escalera para encontrarme con el coche de Cam, Jeremiah me llamó:

—Eh, ¿Belly?

Conrad y él estaban viendo la tele en el salón. Saqué la cabeza por la puerta.

—¿Qué? —bufé—. Tengo prisa.

Jeremiah se volvió y me guiñó un ojo con indolencia.

—Nos vemos luego.

Conrad me miró y dijo:

—¿Y ese perfume? Me está dando dolor de cabeza. ¿Y por qué llevas todo ese maquillaje?

Tampoco llevaba tanto maquillaje. Un poco de colorete y de máscara, además del brillo de labios, eso era todo. Y sólo me había rociado el cuello y las muñecas. A Conrad no le había molestado el perfume de la chica de la gorra de los Red Sox. El suyo le había encantado. Aun así me di un último repaso en el espejo del pasillo y me quité un poco de colorete con los dedos, y también de perfume.

Después cerré la puerta de golpe y me apresuré por el camino de salida, donde Cam estaba aparcando. Había estado observando desde la ventana de mi habitación para saber el momento justo en el que iba a llegar y evitar así que tuviese que entrar y conocer a mi madre.

Entré en el coche de un salto.

—Hola —dije.

—Hola. Pensaba llamar al timbre —apuntó.

—Confía en mí, es mejor así —respondí, sintiéndome cohibida de repente. ¿Cómo es posible hablar con alguien por teléfono durante horas y horas, nadar con esa persona y después sentir que ni siquiera le conoces?

—Este chico, Kinsey, es un poco raro, pero es buena persona —explicó Cam mientras reculaba por el camino de entrada. Era un buen conductor, prudente.

Pregunté en tono casual:

—¿No venderá acaso metanfetaminas?

—Mmm, no que yo sepa —contestó con una sonrisa. Tenía un hoyuelo en la mejilla derecha en el que no me había fijado la noche anterior. Era muy mono.

Me relajé. Ahora que lo de las matenfetaminas estaba aclarado, sólo quedaba una cosa más. Retorcí la pulsera de dijes que llevaba en la muñeca una y otra vez y pregunté:

—¿Te acuerdas de los chicos con los que estaba en la fogata? ¿Jeremiah y Conrad?

—¿Tus hermanos ficticios?

—Sí. Creo que se dejarán caer por la fiesta. Conocen a, mmm, Kinsey —aclaré.

—¿Ah, sí? —dijo—. Perfecto. Quizá así se den cuenta de que no soy ningún psicópata.

—No creen que seas un psicópata —expliqué—. Bueno, puede que sí, pero lo pensarían de cualquier chico con el que hablase, así que no es nada personal.

—Deben de quererte mucho si son tan protectores —comentó.

¿Era aquello posible?

—Mmm, no creo. Bueno, Jeremiah sí, pero a Conrad sólo le preocupa el deber. O al menos antes le importaba. Tendría que haber sido uno de esos samuráis. —Le eché un vistazo—. Perdona. ¿Te estoy aburriendo?

—No, sigue hablando —respondió Cam—. ¿Dónde aprendiste lo de los samuráis?

Doblé las piernas bajo el trasero y expliqué:

—La clase de estudios globales de la señora Baskerville en noveno curso. Dedicamos toda una unidad a Japón y al Bushido. Estuve medio año obsesionada con la idea del *seppuku*.

—Mi padre es medio japonés —comentó—. Mi abuela vive allí, así que vamos de visita una vez al año.

—Vaya. —Nunca había estado en Japón, ni en ninguna parte de Asia. Los viajes de mi madre aún no la habían llevado hasta allí aunque sabía que quería ir—. ¿Hablas japonés?

—Un poco —dijo rascándose la coronilla—. Me las arreglo.

Silbé, estaba orgullosa de mi silbido. Mi hermano Steven me lo había enseñado.

—¿Así que hablas nuestro idioma, además de francés y japonés? Es bastante impresionante. Eres una especie de genio, ¿no? —le pinché.

—También hablo latín —me recordó con una sonrisa enorme.

—El latín no se habla. Es una lengua muerta —repuse sólo para llevarle la contraria.

—No está muerta. Sigue viva en todas las lenguas occidentales. —Sonaba como mi profesor de latín de séptimo, el señor Coney.

Cuando llegamos a la casa de Kinsey, no quería salir del coche. Me encantaba la sensación de hablar con alguien y que esa persona escuchase lo que tenía que decir. Era como un subidón o algo por el estilo. En cierta forma, me sentía poderosa.

Aparcamos en un callejón sin salida donde había un montón de coches. Algunos estaban casi en el césped. Cam caminaba de prisa. Sus piernas eran tan largas que tenía que apresurarme para seguirle el ritmo.

—¿De qué conoces a este tío?

—Es mi proveedor. —Rió al ver mi expresión—. Eres muy crédula, Flavia. Sus padres tienen un barco. Le conozco del puerto. Es un buen tío.

Entramos directamente sin llamar a la puerta. La música estaba alta y se oía desde fuera. Era música de karaoke, había una chica cantando «Like a Virgin» a todo pulmón y rodando por el suelo, con el micro enredado en los tejanos. Había unas diez personas o así en el salón, bebiendo cerveza y pasándose el cancionero.

—Canta «Livin' on a Prayer» después —sugirió un chico a la muchacha del suelo.

Un par de desconocidos me estaba pasando revista; podía sentir sus miradas encima de mí y me pregunté si de verdad me había puesto demasiado maquillaje. Era algo nuevo que los chicos se fijaran en mí, por no mencionar que me invitaran a salir. Era a partes iguales alucinante y terrorífico. Avisté a la chica de la fogata, a la que le gustaba Cam. Nos miró y después apartó la vista. Me sentí mal por ella; sabía cómo era estar en su lugar.

También reconocí a nuestra vecina Jill, que pasaba los fines de semana en Cousins. Me saludó y me di cuenta de que nunca la había visto fuera de nuestro vecindario. Estaba sentada al lado del chico del videoclub, el que trabajaba los martes y llevaba la etiqueta con el nombre del revés. Nunca había visto la parte inferior de su cuerpo, siempre estaba detrás del mostrador. Y también estaba Katie, la camarera de la Barraca del Cangrejo de Jimmy, sin su uniforme de rayas rojas y blancas. Eran gente a la que había estado viendo todos los veranos de mi vida. Así que era aquí donde habían estado todo este tiempo. Fuera, de fiesta, mientras yo me quedaba atrás, encerrada como Rapunzel, mirando películas antiguas con Susannah y mi madre.

Cam parecía conocerlos a todos. Les saludó con un golpe de hombro a los chicos y un abrazo a las chicas. Me presentó. Me llamaba su amiga Flavia.

—Ésta es mi amiga Flavia —apuntó—. Éste es Kinsey y ésta es su casa.

—Hola, Kinsey —dije yo.

Kinsey estaba repantigado en el sofá y no llevaba camisa. Tenía un pecho escuálido de pajarillo. No tenía pinta de traficante de metanfetaminas. Más bien de repartidor de periódicos.

Tomó un trago de cerveza.

—En realidad no me llamo Kinsey sino Greg. Pero todo el mundo me llama Kinsey.

—En realidad no me llamo Flavia, sino Belly. Sólo Cam me llama Flavia.

Kinsey asintió como si todo aquello tuviese sentido.

—¿Queréis beber algo? Hay una nevera en la cocina.

Cam preguntó:

—¿Tú quieres beber?

No estaba segura de si debía decir que sí o que no. Por un lado, sí, me apetecía. Nunca había bebido, sería como una nueva experiencia. Otra muestra de que ese verano iba a ser especial, importante. Por el otro, ¿le daría asco si lo hacía? ¿Bajaría en su estima? No conocía las reglas del *straight edge*. Me decidí en contra.

—Tomaré una cola —repuse.

Cam asintió y se notaba que aprobaba mi conducta. Nos dirigimos a la cocina. Mientras cruzábamos la habitación, oía fragmentos de conversación.

—Me han dicho que a Kelly la pillaron conduciendo borracha y por eso no ha venido este verano.

—Me han dicho que la expulsaron del instituto.

Me pregunté quién sería esa tal Kelly. Si la iba a reconocer si la veía alguna vez. Todo era culpa de Steven, Jeremiah y Conrad, nunca me llevaban a ninguna parte. Por eso no conocía a nadie.

Las sillas de la cocina tenían bolsos y chaquetas encima, así que Cam apartó unas cuantas botellas de cerveza vacías y me dejó algo de espacio en el mostrador. Me senté encima de un salto.

—¿Conoces a toda esta gente? —pregunté a Cam.

—La verdad es que no —respondió—. Sólo quería que pensaras que soy guay.

—Ya lo pienso —dije y me sonrojé inmediatamente.

Rió como si le hubiera explicado un chiste, lo que hizo que me sintiera mejor. Abrió la nevera y sacó una cocacola. La abrió y me la ofreció.

Cam comentó:

—Sólo porque yo sea *straight edge* no significa que no puedas beber. Lo que quiero decir es que bajarás en mi estima por hacerlo, pero puedes beber de todas formas. Eso era una broma, por cierto.

—Lo sé —respondí—. Pero la cola me vale —lo cual era cierto.

Bebí un largo trago y eructé.

—Disculpa —dije deshaciéndome una de las trenzas. Estaban demasiado apretadas y me dolía la cabeza.

—Eructas como un bebé. Es un poco asqueroso, pero también adorable —señaló.

Me deshice la otra trenza y le golpeé en el hombro. Dentro de mi cabeza oía a Conrad, «Ohh, ahora le pegas. Vaya manera de coquetear, Belly». Incluso cuando no estaba, seguía allí. Y al cabo de poco lo estuvo de verdad.

De repente, de la nada oí el típico canto tirolés de Jeremiah en el karaoke. Me mordí el labio.

—Ya están aquí —dije.

—¿Quieres salir a saludar?

—En verdad no —repuse, pero bajé del mostrador de un salto.

Volvimos al salón y Jeremiah estaba en el centro del escenario, cantando en falsete una canción que no había oído nunca. Las chicas reían y se les saltaban los ojos mirándolo. Y Conrad estaba en el sofá con una cerveza en la mano. La chica de la gorra de los Red Sox estaba sentada a su lado, en el brazo del sillón, inclinada hacia él y dejando caer el pelo delante de la cara de Conrad, como si fuese una cortina que cubriese a ambos. Me pregunté si habían ido a recogerla, y si la habían dejado sentarse delante.

—Canta bien —comentó Cam. Entonces siguió mi mirada con los ojos y preguntó—: ¿Nicole y él están juntos?

—¿Quién sabe? —respondí—. ¿Y a quién le importa?

Jeremiah me vio mientras hacía las reverencias al final de la canción.

—¡Belly! Esta canción va para ti. —Señaló a Cam—. ¿Cómo te llamas?

Cam se aclaró la garganta.

—Cam. Cameron.

Jeremiah dijo justo delante del micro:

—¿Te llamas Cam Cameron? Joder, eso es muy triste, tío. —Todos rieron, especialmente Conrad, aunque sólo un momento antes había estado aparentando aburrimiento.

—Es sólo Cam —dijo Cam en voz baja. Entonces me miró, yo estaba avergonzada. Les odiaba por provocarlo.

Era como si Conrad y Jeremiah le juzgasen indigno de mí, así que yo también tenía que hacerlo. Era curioso como sólo unos minutos antes me había sentido tan unida a él.

—Muy bien, Cam Cameron. Ésta canción es para ti y para tu preciosa Belly Button. Dadle, señoritas. —Un chica apretó el *play* en el control remoto—. «Summer lovin', had me a blast...»

Quería matarle, pero lo único que podía hacer era negar con la cabeza y mirarle con rabia. No es que pudiese arrancarle el micro de la manos delante de toda esa gente. Jeremiah simplemente sonrió de oreja a oreja y empezó a bailar. Una de las chicas sentadas en el suelo se levantó y se puso a bailar con él. Cantaba desafinando la parte de Olivia Newton-John. Conrad lo observaba todo entre divertido y condescendiente. Oí comentar a alguien:

—Pero ¿quién es esa chica? —Me estaba mirando directamente al decirlo.

A mi lado, Cam estaba riendo. No me lo podía creer. Yo me estaba muriendo de vergüenza y él reía.

—Sonríe, Flavia —dijo, pinchándome con delicadeza en el costado.

Cuando alguien me pide que sonría, no puedo evitarlo, siempre lo hago.

A media canción, Cam y yo salimos. Sin siquiera mirar, supe que Conrad nos estaba observando.

Cam y yo nos sentamos en la escalera y charlamos. Él estaba un peldaño por encima de mí. Era agradable hablar con él, nada intimidante. Me encantaba la facilidad con la que reía, no como Conrad. Con Conrad tenías que trabajar duro por cada sonrisa. No había nada simple con él.

Por la forma en la que Cam se inclinaba hacia mí, pensé

que tal vez intentaría besarme. Estaba bastante segura de que se lo iba a permitir. Pero se inclinaba y se rascaba el tobillo o tiraba de uno de sus calcetines y se volvía a apartar para después repetirlo de nuevo.

Justo en uno de esos momentos, oí unas voces cabreadas que procedían de la terraza. Una de ellas era sin duda la voz de Conrad. Me levanté de un salto.

—Ahí está ocurriendo algo.

—Vamos a ver —dijo Cam.

Conrad y un tipo con un tatuaje de alambre de espino en el antebrazo estaban discutiendo. El tipo era más bajo que Conrad pero también más fornido. Estaba cuadrado y tenía pinta de tener unos veinticinco años. Jeremiah les observaba divertido pero se notaba que estaba alerta, listo para saltar si era necesario.

Susurré a Jeremiah:

—¿Por qué discuten?

Se encogió de hombros.

—Conrad está mamado. No te preocupes. Sólo se están pavoneando.

—Parece que se vayan a matar —dije incómoda.

—Están bien —repuso Cam—. Pero nosotros deberíamos irnos. Ya es tarde.

Le miré de reojo. Casi había olvidado que estaba de pie junto a mí.

—Yo no me voy —respondí. No es que pudiese hacer nada para detener la pelea. Pero no sería correcto dejarlo ahí tirado.

Conrad dio un paso hacia el tipo del tatuaje, que le apartó de un empujón sin problemas, y Conrad soltó una carcajada. Podía sentir que se estaba incubando una pelea de verdad, como una tormenta. Como el agua en perfecta calma, justo antes de que los cielos se abran.

—¿No vas a hacer nada? —dije entre dientes.

—Ya es mayorcito —señaló Jeremiah con los ojos fijos en Conrad—. No le pasará nada.

Pero no estaba seguro de eso, y yo tampoco. Conrad no aparentaba estar bien. No parecía el Conrad Fisher que yo conocía, ahora parecía salvaje y fuera de control. ¿Y si se hacía daño? Entonces ¿qué? Tenía que ayudar, tenía que hacerlo.

Me dirigí hacia ellos y aparté a Jeremiah cuando intentó detenerme. Cuando llegué, me di cuenta de que no tenía ni idea de qué decir. Nunca antes había intentado evitar una pelea.

—Mmm, hola —dije, de pie entre los dos—. Nos tenemos que marchar.

Conrad me apartó de un empujón.

—Vete de una puñetera vez, Belly.

—¿Quién es ésta? ¿Tu hermana pequeña? —El tipo me miró de arriba abajo.

—No. Soy Belly —aclaré. Pero estaba nerviosa y tartamudeé un poco al pronunciar mi nombre.

—¿Belly? —El tipo empezó a reírse a carcajadas y yo agarré el brazo de Conrad.

—Nos vamos a ir ya —dije.

Comprendí lo borracho que estaba cuando se tambaleó un poco al intentar apartarme como a una mosca pesada.

—No te vayas. Las cosas se están poniendo interesantes. Estoy a punto de romperle la cara a este tío.

Nunca le había visto así. Su intensidad me asustó. Me pregunté dónde estaría la chica de la gorra de los Red Sox.

En cierto modo habría deseado que fuese ella la que tuviera que ocuparse de Conrad y no yo. No sabía qué debía hacer.

El otro tipo reía, pero se notaba que quería una pelea tanto como yo. Parecía cansado, como si sólo deseara irse a casa y ver la tele en calzoncillos. Mientras que Conrad iba a todo a gas. Conrad era como un refresco sacudido; iba a explotar encima de alguien. Fuera quien fuese. No importaba que el otro fuese más grande que él. Si hubiese medido seis metros y tuviese la constitución de un luchador de sumo tampoco habría importado. Conrad buscaba pelea y no estaría satisfecho hasta que la encontrase. Y aquel tío podía matar a Conrad.

El tipo nos miraba a mí y a Conrad alternativamente. Negando con la cabeza, dijo:

—Belly, será mejor que te lleves a este niño a casa.

—No le hables —le advirtió Conrad.

Puse la mano en el pecho de Conrad. Nunca antes lo había hecho. El tacto era sólido y cálido; sentí su corazón latiendo rápido y fuera de control.

—¿Podemos marcharnos a casa, por favor? —supliqué. Pero era como si Conrad no me viese ahí de pie delante de él, como si no sintiera mi mano en su pecho.

—Haz caso a tu novia, chaval —dijo el tipo.

—No soy su novia —repuse echando un vistazo a Cam, que no mostraba ninguna expresión en el rostro.

Entonces miré a Jeremiah con desesperación y se acercó con calma. Le susurró algo al oído y Conrad se lo sacó de encima. Pero Jeremiah siguió hablando con él en voz baja y, cuando me miraron, comprendí que estaban diciendo algo sobre mí. Conrad titubeó y asintió, por fin.

Medio en broma, fingió que iba a golpear al chico e hizo una mueca.

—Buenas noches, gilipollas —le dijo.

El chico hizo un ademán de despedida con la mano. Se me escapó un gran suspiro.

Mientras volvíamos al coche, Cam me agarró el brazo.

—¿Estás segura de que quieres volver a casa con ellos? —preguntó.

Asentí y dije:

—Estaré bien. No te preocupes, te llamaré.

Parecía preocupado.

—¿Quién conduce?

—Yo —respondió Jeremiah y Conrad no se lo discutió—. No te preocupes, *straight edge*, yo nunca bebo y conduzco.

Estaba abochornada, noté que Cam estaba intranquilo, pero asintió. Le di un abrazo rápido, pero estaba rígido. Deseaba arreglar las cosas.

—Gracias por lo de esta noche —dije.

Observé como se alejaba y sentí una punzada de rencor; Conrad y su estúpido mal genio habían echado a perder mi primera cita de verdad. No era justo.

Jeremiah dijo:

—Entrad en el coche; me he dejado la gorra dentro. Vuelvo en seguida.

—Date prisa —le contesté.

Conrad y yo entramos en el coche en silencio. Tanta calma resultaba inquietante y aunque sólo era un poco más de la una, parecían las cuatro de la madrugada, cuando todo el mundo está en la cama. Se tumbó en el asiento trasero, con toda la energía de antes agotada. Yo me senté delante con los pies descalzos en el salpicadero y la espalda bien apoyada en el respaldo. Había pasado miedo allí dentro. No lo había reconocido al comportarse de esa forma. De repente me sentí exhausta.

El pelo me colgaba suelto y, desde el asiento trasero, noté que Conrad lo tocaba, acariciando las puntas con los dedos. Creo que dejé de respirar. Estábamos sentados en perfecto silencio y Conrad Fisher jugueteaba con mi cabello.

—Tienes el pelo de un niño pequeño, siempre alborotado —susurró. Su voz hizo que me estremeciera, era como el sonido del agua cuando arrastra la arena.

No dije nada. Era como aquella vez en la que había sufrido una fiebre muy alta y todo parecía etéreo, vertiginoso e irreal. Lo único que sabía era que no quería que se detuviera.

Pero al final lo hizo. Lo observé desde el retrovisor. Cerró los ojos y suspiró. Y yo hice lo mismo.

—Belly —empezó.

Me puse alerta. La somnolencia había desaparecido; todo mi cuerpo estaba despierto. Retuve la respiración, a la espera de lo que iba a decir. No le respondí, no quería romper el hechizo.

Fue entonces cuando volvió Jeremiah, abrió la puerta y la volvió a cerrar de golpe. Ese momento entre los dos, frágil y tenue, se quebró bruscamente. Había terminado. No serviría de nada preguntarse qué iba a decir. Los momentos, una vez perdidos, no pueden volverse a encontrar. Simplemente desaparecen.

Jeremiah me lanzó una mirada extrañada. Comprendía que había interrumpido algo. Me encogí de hombros y él se volvió y arrancó el coche.

Encendí la radio y subí el volumen a tope. Durante todo el viaje hasta casa hubo una tensión insólita en el aire, con todos en silencio; Conrad frito en el asiento trasero, Jeremiah y yo evitando mirarnos. Así hasta que aparcamos en la entrada y Jeremiah le dijo a Conrad en un tono más áspero de lo habitual:

—No dejes que mamá te vea así.

Fue cuando comprendí que Conrad había estado muy borracho, que no era responsable de lo que hubiese dicho o hecho durante la noche. Al día siguiente probablemente ni lo recordaría. Sería como si nunca hubiese ocurrido.

En cuanto entramos, subí corriendo a mi habitación. Quería olvidar lo que había pasado en el coche y recordar cómo me había mirado Cam, en la escalera, rozándome el hombro con el brazo.

Capítulo veinticuatro

Al día siguiente, nada. No es que me ignorara, eso habría sido algo. Algún tipo de prueba de que había ocurrido, de que algo había cambiado. Pero no, me trataba igual. Como si aún fuese la pequeña Belly, la niña de rodillas huesudas y cola de caballo alborotada por el viento, persiguiéndolos por la playa. Tendría que haberlo supuesto.

La cuestión era que tanto si me apartaba como si me empujaba hacia él, yo seguía yendo en la misma dirección. Hacia Conrad.

Cam tardó varios días en llamarme. No es que le culpara. Yo tampoco lo llamé; aunque lo había pensado, pero no sabía qué decir.

Cuando por fin lo hizo, no mencionó la fiesta. Me invitó a ir al autocine. Dije que sí. Aunque en seguida empecé a preocuparme. ¿Acompañarle al autocine significaba que íbamos a tener que enrollarnos? ¿Darse el lote a lo loco, con las ventanillas cubiertas de vapor y los respaldos completamente horizontales?

Porque eso es lo que hacía la gente en el autocine. Estaban las familias y después estaban las parejas fogosas que se ponían en la parte trasera del aparcamiento. Yo había ido con la familia, con Susannah y mi madre y los demás. Y también con los chicos, pero nunca como pareja, como en una cita.

Una vez, Jeremiah, Steven y yo espiamos a Conrad en una de sus citas. Susannah accedió a que Jeremiah condujese, a pesar de que acababa de sacarse el carnet. El autocine estaba a cinco kilómetros y en Cousins todo el mundo conducía, incluso los niños, sentados en el regazo de sus padres. Conrad se puso furioso cuando nos pilló husmeando. Iba de camino al puesto de las golosinas cuando nos descubrió. Fue bastante gracioso: iba todo despeinado mientras nos reñía a gritos y tenía los labios enrojecidos y lustrosos. Jeremiah se estuvo partiendo de risa todo el tiempo.

Deseé que Steven y Jeremiah estuviesen escondidos allí, en las sombras, espiándonos y desternillándose de risa. En cierto modo, me habría sentido reconfortada. Más segura.

Llevaba la sudadera de Cam, abrochada hasta el cuello. Me senté con los brazos cruzados, como si estuviese tiritando. A pesar de que Cam me gustaba y de que deseaba estar allí, sentí un impulso repentino de saltar del coche y volver caminando a casa. Había besado a un solo chico en toda mi vida y no había sido de verdad. Taylor me apodaba la monja. Puede que en el fondo lo fuese. Quizá debería meterme en un convento. Ni siquiera sabía si aquélla era una cita de verdad. Quizá se había sentido tan incómodo conmigo la última vez que sólo aspiraba a ser mi amigo.

Cam sintonizó la radio hasta encontrar la emisora adecuada. Tamborileando el volante con los dedos, preguntó:

—¿Quieres palomitas o algo?

Me apetecían un poco, pero no quería que se me pegaran entre los dientes, así que dije que no.

Cam estaba bastante metido en la película, se notaba por la forma en la que se inclinaba hacia el parabrisas de vez en cuando para ver mejor. Era una peli de terror antigua, una que según Cam había sido bastante famosa, pero yo nunca había oído hablar de ella. Tampoco es que prestara mucha atención, creo que lo miré más a él que a la película. Se lamía los labios a menudo. No me miraba y se reía en las partes divertidas como solía hacer Jeremiah. Estaba sentado en su lado del coche, apoyado contra la puerta, lo más alejado posible de mí.

Cuando terminó la película, arrancó el coche.

—¿Lista? —dijo.

Sentí una oleada de desilusión. Iba a llevarme a casa. No iba a conducir hasta Scoops a por un helado con chocolate caliente. La cita, si podía llamarla así, había sido un fracaso. No intentó enrollarse conmigo ni una sola vez. Tampoco sabía si iba a permitírselo, pero daba igual. Al menos podría haberlo intentado.

—Ajá —respondí. Sentí ganas de llorar y no estaba segura de la razón porque ni siquiera sabía si quería besarlo.

Volvimos en silencio. Aparcó delante de la casa, aguardé un segundo con la mano en la manilla de la puerta, esperando a ver si apagaba el motor o si debía salir. Pero lo apagó y se apoyó un segundo en el reposacabezas.

—¿Sabes por qué me acordé de ti? —preguntó de repente.

Era una pregunta salida tan de la nada que tardé un momento en comprender de qué estaba hablando.

—¿Te refieres a la Convención Latina?

—Sí.

—¿Fue por mi maqueta del Coliseo? —dije medio en broma. Steven me había ayudado a construirla; había quedado bastante impresionante.

—No. —Cam se pasó la mano por el pelo, pero seguía sin mirarme—. Es porque pensé que eras muy guapa. La chica más guapa que había visto en mi vida.

Me reí. Dentro del coche, sonó muy fuerte.

—Sí, claro. Ésa sí que es buena.

—Lo digo en serio —insistió alzando la voz.

—Te lo estás inventando. —No me creía que pudiese ser verdad. No podía permitirme creerlo. Con los muchachos, un cumplido como ése se convertiría en la primera parte de una broma.

Negó con la cabeza y con los labios apretados. Estaba ofendido de que no le creyera. No tenía intención de herir sus sentimientos, era sólo que no veía cómo podía ser verdad. Era casi cruel mentir de esa forma. Sabía el aspecto que tenía en esa época y no era la chica más guapa que nadie hubiese visto, no con mis gafas gruesas y mis mejillas regordetas en el cuerpo de una niña pequeña.

Entonces Cam me miró directamente a los ojos.

—El primer día llevabas un vestido azul. Era de pana, o algo por el estilo. Hacía que tus ojos pareciesen muy azules.

—Tengo los ojos grises —repuse.

—Sí, pero ese vestido hace que parezcan azules.

Y me lo puse por esa misma razón. Era mi preferido.

Me pregunté dónde estaría. Probablemente guardado en el ático, junto a toda mi ropa de invierno. Ahora me iría pequeño de todos modos.

Me miraba de una forma tan dulce, a la espera de mi reacción. Tenía las mejillas sonrojadas como melocotones. Tragué saliva y dije:

—¿Por qué no viniste a hablar conmigo?

Se encogió de hombros.

—Siempre estabas con tus amigos. Te observé toda la semana, intentando reunir el valor suficiente. No me lo podía creer cuando te vi esa noche en la fogata. Increíble, ¿verdad? —Cam rió, pero sonaba azorado.

—Bastante increíble —repetí. No podía creer que se hubiese fijado en mí. Con Taylor a mi lado, ¿por qué se iba a molestar en mirarme?

—Casi fastidio mi Catulo adrede para que ganaras —recordó. Se acercó un poco a mí.

—Me alegro de que no lo hicieses —dije. Le toqué el brazo. Me temblaba la mano—. Desearía que hubieses venido.

Entonces bajó la cabeza y me besó. No solté la manilla. Lo único que fui capaz de pensar fue: «Ojalá fuera éste mi primer beso».

Capítulo veinticinco

Cuando entré en la casa, iba flotando sobre nubes de algodón de azúcar, repasando mentalmente todo lo que acababa de pasar; hasta que oí a Susannah y a mi madre discutiendo en el salón. El miedo se adueñó de una parte de mí; como un puño que me apretaba con fuerza el corazón. Ellas nunca se peleaban, al menos no de verdad. Sólo las había visto reñir una vez. Ocurrió el verano anterior. Las tres habíamos salido de compras a un centro comercial de lujo a una hora de distancia de Cousins. Se trataba de un recinto abierto, del tipo al que la gente lleva sus perritos de tamaño bolsillo atados con correas extravagantes. Vi un vestido, era de un morado ciruela, de gasa y tirantes muy finos, demasiado adulto para mí. Me encantó. Susannah dijo que debía probármelo, sólo por diversión, así que lo hice. Me echó un solo vistazo y concluyó que tenía que ser mío. Mi madre hizo que no con la cabeza al instante.

—Tiene catorce años. ¿Dónde se pondrá un vestido como ése? —dijo mi madre. Susannah respondió que no importaba, que estaba hecho para mí. Yo sabía que no nos lo podíamos permitir, después de todo mi madre acababa de divorciarse, pero se lo supliqué de todos modos. Se lo imploré. Se pusieron a discutir allí mismo, en la boutique, delante de los clientes. Susannah quería comprármelo y mi madre no se lo permitía. Les dije que daba lo mismo, que no lo quería, aunque no era cierto. Sabía que mi madre tenía razón, nunca me lo pondría.

Cuando volvimos de Cousins al final de verano, encontré el vestido en mi maleta, envuelto en papel y cuidadosamente doblado encima del resto de mi ropa, como si siempre hubiese estado allí. Era tan típico de Susannah hacer algo así. Más adelante, mi madre debió de verlo colgado en mi armario, pero nunca lo mencionó.

De pie en el vestíbulo, escuchándolas, me sentí como la espía que Steven siempre me acusaba de ser. Pero no podía evitarlo.

Oí a Susannah decir:

—Laur, ya soy una chica mayor. No puedes seguir controlando mi vida. Soy yo la que decide cómo quiero vivirla.

No esperé la respuesta de mi madre. Entré directamente y pregunté:

—¿Qué está pasando? —Miré a mi madre al decirlo, y sabía que sonaba cómo si la estuviese acusando, pero no me importó.

—Nada. Todo va bien —contestó mi madre, pero tenía los ojos enrojecidos y cansados.

—Entonces ¿por qué os peleáis?

—No estábamos riñendo, cariño —me aseguró Susannah. Levantó el brazo y me acarició el hombro como si estuviese planchando una arruga en la seda—. Todo va bien, de verdad.

—No lo parece.

—Pues así es.

—¿Lo prometes? —pregunté. Quería creerla.

—Prometido —respondió sin vacilar.

Mi madre se alejó de nosotras y pude ver por la rigidez de su espalda que las cosas no iban bien, que seguía estando disgustada. Pero como quería quedarme con Susannah, donde las cosas estaban bien, no la seguí. Mi madre era el tipo de persona que prefería estar sola. Que se lo pregunten a mi padre.

—¿Qué le pasa? —susurré a Susannah.

—No es nada. Háblame de tu cita con Cam —dijo, llevándome al sofá de mimbre de la terraza interior. Tendría que haber insistido, haber intentado comprender qué había ocurrido en realidad entre las dos, pero mi preocupación ya empezaba a desvanecerse. Quería contarle todos los detalles de la cita con Cam. Susannah tenía algo especial que te impulsaba a contarle todos tus secretos.

Se sentó en el sofá y se dio una palmadita en el regazo. Me senté a su lado y puse la cabeza encima y me apartó el pelo de la frente. Me sentía segura y satisfecha, como si la pelea no hubiese ocurrido. Y tal vez ni siquiera había sido una pelea, quizá había malinterpretado la situación.

—Bueno, es distinto a todas las personas que conozco —empecé.

—¿Y eso?

—Es tan listo, y no le importa lo que piensen los demás. Y es tan guapo. No puedo creer que se haya fijado en mí.

Susannah negó con la cabeza.

—Por favor. Claro que te presta atención. Eres tan encantadora, cariño. Este verano has florecido de verdad. La gente no puede evitar mirarte.

—Ja —dije, pero me sentía halagada. Se le daba tan bien hacer que los demás se sintieran especiales—. Me alegro de tenerte a ti para hablar de este tipo de cosas.

—Yo también. Pero ya sabes que también podrías hablarlas con tu madre.

—No le interesaría nada de esto. Fingiría que le importa, sólo eso.

—Oh, Belly. Eso no es cierto. Le importaría. Le importa de verdad. —Susannah me sostuvo la cara entre las manos—. Tu madre es tu mayor fan, igual que yo. Le interesa todo lo que haces. No la dejes fuera.

No quería seguir hablando de mi madre. Quería hablar de Cam.

—No te creerás lo que me ha dicho Cam esta noche —empecé.

Capítulo veintiséis

Y así julio se convirtió en agosto. Supuse que el verano se hacía más corto si tenías a alguien con quien pasarlo. Para mí, ese alguien era Cam. Cam Cameron.

El señor Fisher siempre venía la primera semana de agosto. Le traía a Susannah sus cosas preferidas de la ciudad, croissants de almendras y bombones de lavanda. Y flores, siempre traía flores. A Susannah le encantaban las flores. Decía que las necesitaba como el aire que respiraba. Tenía más jarrones de los que podía contar, altos, gruesos y de cristal. Estaban por toda la casa, jarrones con flores en cada habitación. Sus favoritas eran las peonías. Las ponía en la mesita de noche de su dormitorio para que fuesen la primera cosa que veía al despertar.

También las conchas. Le fascinaban las conchas. Las guardaba dentro de copas de cóctel. Cuando volvía de sus paseos por la playa siempre traía unas cuantas. Las colocaba encima de la mesa de la cocina; primero las contemplaba y decía cosas como: «¿No crees que ésta se parece a una oreja?» o «¿a que el tono de rosa de ésta es perfecto?» Después las ordenaba de mayor a menor. Era uno de sus rituales, uno que me encantaba observar.

Esa semana, justo cuando el señor Fisher acostumbraba a venir, Susannah mencionó que no podía dejar el trabajo. Había ocurrido algún tipo de emergencia en el banco. Pasaríamos el final del verano nosotros cinco. Iba a ser el primer año sin el señor Fisher y mi hermano.

Después de que se fuera a la cama temprano, Conrad me dijo en tono de conversación:

—Se van a divorciar.

—¿Quiénes?

—Mis padres. Ya era hora.

Jeremiah le lanzó una mirada furibunda.

—Cállate, Conrad.

Conrad se encogió de hombros.

—¿Por qué? Sabes que es cierto. Belly no está sorprendida, ¿verdad Belly?

Lo estaba. Estaba realmente sorprendida. Dije a ambos:

—A mí me parecían muy enamorados.

Fuera lo que fuese el amor, estaba segura de que ellos lo tenían. La forma en que se miraban durante la cena, lo emocionada que estaba Susannah cuando el señor Fisher llegaba a la casa de verano. Creía que la gente así no se divorciaba. Mis padres eran el tipo de personas que se separaban. No Susannah y el señor Fisher.

—Estaban enamorados —explicó Jeremiah—. No sé qué ha pasado.

—Papá es un imbécil. Eso es lo que ha ocurrido —espetó Conrad poniéndose de pie. Sonaba frío y pragmático, pero aquello no parecía lo correcto. No cuando adoraba tanto a su padre. Me pregunté si el señor Fisher tenía una nueva novia, como mi padre. Me pregunté si habría engañado a Susannah. Pero ¿quién iba a engañarla? Era imposible.

—No le digas a mi madre que lo sabes —señaló Jeremiah de repente—. No sabe que nosotros estamos al corriente.

—No lo haré —repuse. Me pregunté cómo lo habían descubierto. Mis padres nos habían sentado a mí y a Steven y nos lo habían explicado todo, al detalle.

Cuando Conrad se fue, Jeremiah me dijo:

—Antes de que nos marchásemos, nuestro padre había estado durmiendo en el cuarto de invitados durante semanas. Ya se ha llevado casi toda su ropa. Deben de creer que somos retrasados para no darnos cuenta. —Se le quebró un poco la voz al final.

Le agarré la mano y se la estreché con fuerza. Estaba sufriendo mucho. Supuse que Conrad también aunque no lo demostrase. Su forma de comportarse, tan diferente, tan perdido. Tan poco Conrad. Estaba afligido. Y también Susannah lo estaba. Pasaba tanto tiempo en la cama y parecía tan triste. Ella también padecía.

Capítulo veintisiete

—Cam y tú habéis estado pasando mucho tiempo juntos —dijo mi madre mirándome por encima del periódico.

—No tanto —respondí, aunque era cierto lo que decía. En la casa de verano, un día se fundía con el siguiente, no sentías el paso del tiempo. Antes de darme cuenta, Cam y yo ya habíamos pasado dos semanas juntos: era como una especie de novio. Estábamos juntos casi todos los días. No sé lo que hacía antes de conocerle. Mi vida debía de ser muy aburrida.

Mi madre comentó:

—Te echamos de menos en la casa. —Si lo hubiese dicho Susannah, me habría sentido halagada, pero viniendo de mi madre era más bien un incordio. Y tampoco era que ellas hubiesen estado mucho por allí. Siempre se marchaban a hacer cosas las dos solas.

—Belly, ¿vas a traer a este chico tuyo a cenar mañana? —preguntó Susannah con dulzura.

Quería responder que no, pero me resultaba imposible negarle algo a Susannah. Especialmente cuando estaba pasando por un divorcio. No podía decir que no. Así que en su lugar contesté:

—Mmm... Tal vez...

—Por favor, cariño. Me encantaría conocerlo.

Me rendí.

—Vale, se lo preguntaré. Aunque no pueda asegurar que no tenga otros planes.

Susannah asintió con serenidad.

—Mientras se lo preguntes.

Por desgracia, Cam no tenía planes. Cocinó Susannah; preparó tofu salteado porque Cam era vegetariano. Era otro aspecto que admiraba de él, pero cuando vi la mirada que me lanzó Jeremiah, me sentí empequeñecer. Jeremiah preparó hamburguesas esa noche; aprovechaba cualquier excusa para encender la parrilla, igual que su padre. Me preguntó si quería una y yo le dije que no, aunque me apetecía mucho.

Conrad ya había cenado y estaba arriba tocando la guitarra. Ni siquiera se había molestado en comer con nosotros. Bajó a por una botella de agua y ni tan siquiera saludó a Cam.

—Y bien, ¿por qué no comes carne, Cam? —inquirió Jeremiah, embutiéndose media hamburguesa en la boca.

Cam se tragó el agua y respondió:

—Estoy moralmente en contra de comer animales.

Jeremiah asintió con seriedad.

—Pero Belly come carne. ¿Le permites que te bese con esos labios? —Entonces empezó a partirse de risa. Susannah y mi madre intercambiaron una sonrisa cómplice.

Sentía como me subía el color a la cara y también lo tenso que estaba Cam a mi lado.

—Cállate, Jeremiah.

Cam miró a mi madre y soltó una risa incómoda.

—No juzgo a la gente que elige comer carne. Es una decisión personal.

Jeremiah continuó:

—¿Así que no te importa que sus labios toquen un animal muerto y después tus, mmm, labios?

Susannah soltó una risita ahogada y dijo:

—Jere, dale un respiro al chico.

—Sí, Jere, dale un respiro —repetí echándole una mirada furiosa. Le di una patada por debajo de la mesa, fuerte. Lo bastante como para provocarle un sobresalto.

—No pasa nada —aclaró Cam—. No me importa en absoluto—. De hecho... —Me atrajo hasta él y me dio un beso rápido, delante de todos. Sólo un pico, pero fue embarazoso.

—Por favor, no beses a Belly durante la cena —dijo Jeremiah, fingiendo tener arcadas para darle mayor efecto—. Me están viniendo náuseas.

Mi madre sacudió la cabeza en dirección a Jeremiah y comentó:

—Belly tiene permiso para besar —señaló a Cam con el tenedor—. Pero eso es todo.

Se echó a reír como si fuese lo más divertido que había dicho en su vida y Susannah reprimió una sonrisa mientras intentaba hacerla callar. Quería matar a mi madre y después matarme yo.

—Mamá por favor, no tienes ninguna gracia. Basta de vino para mamá —repuse. Me negaba a mirar en dirección a Jeremiah, o incluso a Cam.

La verdad era que Cam no había hecho mucho más aparte de besarme. No parecía tener mucha prisa. Era cuidadoso conmigo, tierno, incluso un poco inseguro. Completamente distinto de como había visto a otros chicos comportarse con las chicas. El verano anterior había pillado a Jeremiah en la playa con una chica, justo delante de la casa. Estaban frenéticos; si no hubiesen estado vestidos, ya habrían tenido sexo. Le di la lata al respecto el resto del verano, pero en realidad le daba igual. Deseaba que a Cam le interesase un poco más.

—Belly, es una broma. Ya sabes que estoy abierta a que explores tu cuerpo —aseguró mi madre, tomando un buen trago de chardonnay.

Jeremiah se partió de risa. Me puse de pie y dije:

—Ya es suficiente, Cam y yo vamos a cenar en el porche. —Tomé mi plato y esperé que Cam también se levantara.

Pero no lo hizo.

—Cálmate, Belly. Estamos todos de broma —señaló, llenándose el tenedor de arroz y de col china y metiéndoselo en la boca.

—Muy bien, así es como se la debe controlar, Cam —comentó Jeremiah, asintiendo en su dirección. Parecía impresionado.

Volví a sentarme, aunque me mataba el tener que hacerlo. Detestaba quedar en ridículo delante de todos, pero si salía sola, sabía que nadie vendría a buscarme. Volvería a ser Belly Button, haciendo pucheros una vez más. Ése era mi nombre para cuando me comportaba como una niña pequeña, Belly Button; Steven se consideraba un genio por haberlo pensado.

—A mí nadie me controla. Y mucho menos Cam Cameron.

Todos se pusieron a dar voces y a reír a carcajadas, incluso Cam, y de repente, todo pareció muy normal, como si todos encajáramos perfectamente. Notaba cómo empezaba a relajarme. Todo iba a ir bien. Genial, de hecho. Increíble, como Susannah había prometido.

Después de cenar, Cam y yo fuimos a pasear por la playa. Para mí no existe nada mejor que andar por la playa de noche. Tienes la sensación de que podrías caminar para siempre, como si la noche y el océano te perteneciesen. Cuando paseas por la playa de noche, puedes decir cosas que no se pueden explicar en la vida real. En la oscuridad te puedes sentir muy unido a una persona. Puedes contar lo que quieras.

—Me alegro de que hayas venido —le dije.

Me dio la mano y contestó:

—Yo también. Estoy feliz de que estés contenta.

—Claro que lo estoy.

Le solté la mano para remangarme los tejanos, y comentó en voz baja:

—No parecías tan contenta.

—Pues lo estoy. —Miré hacia arriba y le di un beso rápido—. ¿Ves? Ésta soy yo estando contenta.

Sonrió y seguimos con nuestro paseo.

—Bien. Así que, ¿con cuál de los dos fue tu primer beso?

—¿Te lo expliqué?

—Sip. Dijiste que tu primer beso fue con un chico en la playa cuando tenías trece años.

—Ah. —Observé su rostro iluminado por la luz de la luna, y seguí sonriendo—. Adivina.

Respondió inmediatamente:

—El mayor, Conrad.

—¿Por qué él?

Se encogió de hombros.

—Es sólo un presentimiento, por la forma en que te mira.

—Apenas me mira —repuse—. Y te equivocas, Sextus. Fue con Jeremiah.

Capítulo veintiocho

14 años

—¿Verdad, acción o beso? —preguntó Taylor a Conrad.

—Yo no juego —contestó.

Taylor hizo un mohín.

—No seas tan gay —dijo.

Jeremiah se interpuso.

—No deberías utilizar la palabra «gay» de esa manera.

Taylor abrió la boca y la volvió a cerrar. Después adujo:

—No quería que sonara de esa manera, Jeremy.

—Bueno, entonces, ¿cómo querías que sonara, Taylor? —repuso Jeremiah. Hablaba en tono sarcástico, pero incluso la atención negativa era preferible a ninguna. Probablemente sólo estaba enfadado por todo el interés que había mostrado en Conrad ese día.

Taylor soltó un gran suspiro y se volvió hacia Conrad.

—Conrad, no seas borde. Juega a verdad, acción o beso con nosotros.

La ignoró y subió el volumen del televisor. Después

fingió silenciarla con el mando a distancia, lo que me hizo reír a carcajadas.

—Vale, está fuera. Steven, verdad, acción o beso.

Steven hizo una mueca.

—Verdad.

A Taylor se le iluminaron los ojos.

—Muy bien. ¿Hasta dónde llegaste con Claire Cho? —Sabía que había estado guardando esa pregunta desde hacía tiempo, esperando el momento adecuado. Claire Cho había sido la novia de Steven durante la mayor parte del primer año de instituto. Taylor insistía en que Claire tenía los tobillos gruesos, pero a mí me parecían perfectamente delgados. Claire Cho me parecía bastante perfecta en general.

Steven se sonrojó.

—No voy a responder a eso.

—Tienes que hacerlo. Esto es un juego. No puedes sentarte ahí enterándote de los secretos de los demás si tú no piensas contar los tuyos contraataqué. Yo también me lo había estado preguntando.

—Nadie ha contado ningún secreto todavía —protestó.

—Estamos a punto de hacerlo —dijo Taylor—. Sé un hombre y contesta.

—Sí, Steven, sé un hombre —repitió Jeremiah.

Todos empezamos a corearlo:

—¡Sé un hombre! ¡Sé un hombre! —Incluso Conrad bajó el volumen de la tele para escuchar la respuesta.

—Vale. Si os calláis, os lo cuento —dijo Steven.

Nos callamos al instante y esperamos.

—¿Y bien? —insistí.

—Tercera base —respondió por fin.

Me relajé en el sofá. Tercera base. Vaya. Interesante. Mi hermano había llegado a la tercera base. Increíble. Repugnante.

Taylor estaba sonrosada de satisfacción.

—Buen trabajo, Stevie.

Steven sacudió la cabeza con incredulidad y dijo:

—Mi turno. —Echó un vistazo a toda la habitación y yo me hundí en los cojines del sofá. Esperaba de verdad que no me escogiera y me obligase a decirlo en voz alta; que nunca había besado a ningún chico. Conociendo a Steven, lo haría.

Me sorprendió al decir:

—Taylor. ¿Verdad, acción o beso? —Le estaba siguiendo el juego.

Taylor respondió automáticamente:

—No puedes elegirme porque acabo de preguntarte. Tienes que escoger a otra persona. —Lo que era cierto, era una de las reglas.

—¿Estás asustada, Tay-Tay? Sé un hombre.

Taylor titubeó.

—Vale. Verdad.

La sonrisa de Steven era maligna.

—¿A quién besarías de esta habitación?

Taylor lo consideró unos segundos y entonces puso cara de no haber roto nunca un plato. La misma que cuando teníamos ocho años y tiñó de azul el pelo de su hermana pequeña. Esperó a tener la atención de todos y respondió, triunfante:

—A Belly.

Durante un minuto nos quedamos en un silencio atónito y, después, todos empezamos a reír, Conrad el primero. Le lancé una almohada a Taylor, con fuerza.

—No es justo. No has contestado de verdad —apuntó Jeremiah señalándola con el dedo.

—Claro que sí —explicó Taylor satisfecha—. Me quedo con Belly. Mira bien a la hermana favorita de todo el mundo, Jeremy. Se está convirtiendo en una tía buena ante nuestros ojos.

Escondí la cara detrás de un cojín. Sabía que me estaba sonrojando incluso más que Steven. Sobre todo porque no era cierto, no me estaba volviendo guapa ante los ojos de nadie, y todos lo sabíamos.

—Taylor, cállate. Por favor.

—Sí, cierra la boca por favor, Tay-Tay —dijo Steven. También estaba un poco rojo.

—Si hablas en serio, dale un beso —interrumpió Conrad, con los ojos puestos en el televisor.

—Eh... —rebatí, lanzándole una mirada furibunda—. Soy una persona. No puedes besarme sin mi permiso.

Me miró y dijo:

—No soy yo el que quiere besarte.

Enfadada, anuncié:

—Da igual, permiso no concedido. A ninguno de los dos. —Deseé sacarle la lengua sin que me acusara de ser una niña.

Taylor se interpuso en seguida.

—Elegí verdad, no acción ni beso. Por eso no vamos a besarnos.

—No vamos a besarnos porque no quiero besarte —le dije. Me sentía abochornada en parte porque estaba enfadada y en parte porque me sentía halagada—. Ahora basta de hablar del tema. Te toca.

—Vale. Jeremiah. Verdad, acción o beso.

—Beso —respondió, reclinándose en el sofá con parsimonia.

—De acuerdo. Besa a alguien de esta habitación, ahora. —Taylor le miró confiada y esperó.

Toda la habitación estaba en vilo mientras esperábamos a que Jeremiah dijese algo. ¿Lo haría de verdad? No era el tipo de persona que se echaba atrás. Yo misma tenía curiosidad por saber cómo besaba, si sería con lengua o un pico rápido. También me preguntaba si sería su primer beso o si ya se habían besado, como en el salón de videojuegos, cuando no miraba. Estaba bastante segura de que sí.

—Fácil —dijo fregándose las manos con una sonrisa. Taylor le devolvió la sonrisa e inclinó la cabeza hacia un lado para que el cabello le cayera, sólo un poquito, sobre los ojos.

Entonces se acercó a mí y preguntó:

—¿Lista? —Y antes de que pudiera responder, me besó en los labios. Tenía la boca un poco abierta, pero no era un beso con lengua ni nada de eso. Intenté apartarlo, pero me siguió besando unos segundos más.

Volví a empujarle y se recostó en el sofá con toda tranquilidad. Todos se habían quedado con la boca abierta, excepto Conrad, que ni siquiera parecía sorprendido. Aunque también es verdad que nunca lo aparentaba. Yo, en cambio, tenía problemas para respirar. Me habían dado mi primer beso. Delante de otra gente. Delante de mi hermano.

No podía creer que Jeremiah me hubiese robado mi primer beso de esa forma. Había estado esperando y deseando que fuese algo especial, y había ocurrido durante un juego. ¿Era posible que pasara en un ambiente más ordinario? Y encima, lo había hecho para poner celosa a Taylor, no porque yo le gustase. Había funcionado. Tenía los ojos entornados y estaba mirando a Jeremiah como si le hubiese lanzado el guante. Lo que supongo que sí había hecho.

—Qué asco —comentó Steven—. Este juego es asqueroso. Yo me voy. —Nos miró a todos con cara de repulsión y se fue.

Yo también me levanté, al igual que Conrad.

—Nos vamos. Y Jeremiah, me las vas a pagar por esto —dije.

Me guiñó el ojo y respondió:

—Con un masaje de espalda estaremos en paz. —Le tiré una almohada a la cabeza y cerré detrás de mí con un portazo. Lo peor de todo fue que fingiese flirtear conmigo. Era condescendiente y humillante.

Tardé unos tres segundos en darme cuenta de que Taylor no me había seguido. Estaba dentro, riéndose por las estúpidas bromas de Jeremiah.

En el pasillo, Conrad puso su típica expresión de superioridad y dijo:

—Sabes que te ha encantado.

Lo miré furiosa.

—¿Y tú cómo lo sabes? Estás demasiado obsesionado contigo mismo como para fijarte en cualquier otra persona.

Se alejó y dijo por encima del hombro:

—Oh, me doy cuenta de todo, Belly. Incluso de la pobrecita de ti.

—¡Que te den! —espeté, porque fue lo único que se me ocurrió. Le escuché reír mientras cerraba la puerta de su habitación.

Volví a mi cuarto y me escondí bajo la colcha. Cerré los ojos y repasé mentalmente los acontecimientos una y otra vez. Los labios de Jeremiah habían tocado los míos. Los habían tocado. Jeremiah. Por fin me habían besado y había sido mi amigo Jeremiah, el mismo que me había estado ignorando toda la semana.

Deseé poder hablarlo con Taylor. Comentar mi primer beso, pero no podíamos, porque en ese mismo momento estaba abajo besando al mismo chico que acababa de besarme a mí. Estaba completamente segura de eso.

Cuando subió una hora después, fingí estar dormida.

—¿Belly? —susurró desde el otro lado de la habitación.

No dije nada.

—Sé que estás despierta, Belly. Y te perdono —dijo.

Quise levantarme de golpe y responder: «¿Me perdonas? Bueno, pues yo a ti no por echar a perder todo el verano». Pero no dije nada. Sólo seguí fingiendo que dormía.

Al día siguiente me desperté temprano, poco después de las siete, y Taylor ya se había marchado. Yo ya sabía dónde estaba. Había ido a ver amanecer con Jeremiah. Habíamos estado planeando ir a ver la salida del sol a la playa antes de que se marchara, pero siempre nos quedábamos dormidas. Era su penúltimo día conmigo y había escogido a Jeremiah. Vaya sorpresa.

Me puse el bañador y bajé a la piscina. Por las mañanas, siempre hacía un poco de fresco fuera, un aguijón frío en el aire, pero no me molestaba. Nadar por las mañanas me hacía sentir como si nadara en el océano. En teoría nadar en el océano suena genial, pero el agua salada me irritaba demasiado los ojos como para hacerlo todos los días. Además, la piscina era más íntima, más mía. A pesar de que todos la usaban, por las mañanas y por las noches era básicamente para Susannah y para mí.

Cuando abrí la puerta a la piscina, vi a mi madre sentada en una de las tumbonas leyendo un libro. Salvo que no estaba leyendo. Más bien sujetaba el libro mientras miraba al vacío.

—Hola, mamá —dije, más que nada para sacarla de su ensimismamiento.

Levantó la vista, sobresaltada.

—Buenos días —respondió aclarándose la garganta—. ¿Has dormido bien?

Me encogí de hombros y dejé la toalla en una silla a su lado.

—Normal —contesté.

Mi madre se protegió los ojos del sol con la mano y me miró.

—¿Lo estás pasando bien con Taylor?

—Mucho. A patadas —dije yo.

—¿Dónde está Taylor?

—¿Quién sabe? —contesté—. ¿Y a quién le importa?

—¿Estáis peleadas? —preguntó como quien no quiere la cosa.

—No. Es sólo que estoy empezando a desear no haberla traído, eso es todo.

—Las mejores amigas son importantes. Son lo más parecido que tendrás a una hermana —me advirtió—. No lo desperdicies.

—No he desperdiciado nada. ¿Por qué me echas siempre la culpa de todo? —repuse irritada.

—No te echo la culpa. ¿Por qué te comportas como si todo fuese sobre ti, cariño? —Mi madre me lanzó una de sus sonrisas tranquilas y exasperantes.

Puse una mueca y salté de espaldas a la piscina. Estaba congelada. Cuando salí a la superficie, grité:

—¡Yo no hago eso!

Entonces empecé a hacer piscinas y cada vez que pensaba en Taylor y en Jeremiah, me enfadaba aún más y aumentaba el ritmo. Para cuando terminé, me ardían los músculos de la espalda.

Mi madre se había marchado, pero Taylor, Jeremiah y Steven estaban entrando.

—Belly, si nadas demasiado se te pondrán hombros de nadadora —me advirtió Taylor, metiendo un pie en el agua.

La ignoré. ¿Qué iba a saber Taylor sobre hacer ejercicio? Creía que andar por el centro comercial con zapatos de tacón era hacer deporte.

—¿Dónde estabais? —pregunté, flotando de espaldas.

—Sólo pasando el rato —respondió Jeremiah vagamente.

«Judas», pensé. Una panda de Benedict Arnolds.

—¿Dónde está Conrad?

—¿Quién sabe? Es demasiado guay como para salir con nosotros —dijo Jeremiah echándose en la tumbona.

—Ha salido a correr —intervino Steven en un tono ligeramente defensivo—. Tiene que ponerse en forma para la temporada de fútbol. Se marcha la semana que viene para los entrenamientos, ¿te acuerdas?

Me acordaba. Ese año Conrad tenía que marcharse temprano para llegar a tiempo a las pruebas para el equipo. Nunca me había parecido que encajase con el tipo de persona que juega a fútbol, pero allí estaba, presentándose a las pruebas para el equipo. Supuse que el señor Fisher tuvo mucho que ver en la decisión; él sí que daba el tipo. Igual que Jeremiah. Aunque él no se lo tomaría en serio. Nunca se tomaba nada en serio.

—El año que viene yo también jugaré en el equipo —dijo Jeremiah como quien no quiere la cosa. Miró disimuladamente a Taylor para comprobar si parecía impresionada. Pero no lo aparentaba. Ni siquiera le estaba mirando.

Se le hundieron un poco los hombros, y a pesar de todo, lo sentí por él.

—¿Una carrera, Jere?

Asintió y se levantó, quitándose la camiseta. Fue hasta la parte profunda de la piscina y se zambulló.

—¿Quieres ventaja? —preguntó al resurgir del agua.

—No. Creo que podré ganarte igualmente —respondí chapoteando hasta donde estaba él.

—¡Vaya! Vamos a ver.

Competimos a estilo libre y me ganó la primera y la segunda vez. Pero le fui desgastando y le derroté en la tercera y la cuarta. Taylor me animaba, lo que me enervó incluso más.

A la mañana siguiente Taylor tampoco estaba. Aunque esta vez pensaba apuntarme. La playa no era propiedad de Taylor y Jeremiah. Tenía el mismo derecho que ellos a ver el amanecer. Me levanté, me vestí y salí de la casa.

En un primer momento, no les vi. Estaban más lejos que de costumbre y de espaldas a mí. Él tenía los brazos alrededor de su espalda y se estaban besando. Ni siquiera estaban mirando el amanecer. Y... tampoco era Jeremiah. Se trataba de Steven. Mi hermano.

Era como en esas películas con final sorpresa, en las que al acabar todo encaja. De repente, mi vida se había convertido en *Sospechosos habituales*, y Taylor era Keyser Soze. Las escenas me pasaron por la cabeza: Taylor y Steven riñendo, Steven acompañándonos al paseo marítimo esa noche, Taylor asegurando que Claire Cho tenía las piernas gordas, todas las tardes que Taylor había pasado en mi casa.

No me oyeron llegar. Entonces dije a voz en grito:

—¡Vaya, así que primero Conrad, después Jeremiah y ahora mi hermano!

Se volvió, sorprendida y Steven también pareció sobresaltado.

—Belly... —empezó.

—Cállate —me volví hacia mi hermano y se retorció en su lugar.

—Eres un hipócrita. ¡Ni siquiera te gusta! ¡Dijiste que se había frito todas las neuronas de tanto aclararse el pelo!

Steven carraspeó.

—Yo nunca he dicho eso —respondió mirando alternativamente de la una a la otra. A Taylor se le empezaron a llenar los ojos de lágrimas y se secó el ojo izquierdo con la manga de su sudadera. Yo estaba demasiado enfadada para llorar.

—Se lo voy a contar a Jeremiah.

—Belly, cálmate de una puñetera vez. Eres demasiado mayor para estas rabietas —dijo Steven, sacudiendo la cabeza con superioridad de hermano.

Las palabras me salieron de la boca abrasadoras, vertiginosas y firmes.

—Vete a la mierda. —Nunca le había hablado así a mi hermano. Creo que nunca le había hablado así a nadie. Steven parpadeó.

Fue entonces cuando empecé a alejarme y Taylor me siguió. Tuvo que correr para alcanzarme de lo rápido que estaba caminando. Supongo que la rabia proporciona velocidad.

—Belly, lo siento tanto —empezó—. Te lo iba a contar. Es sólo que las cosas ocurrieron tan de prisa.

Me detuve y me di la vuelta.

—¿Cuándo? ¿Cuándo ocurrió? Porque, por lo que yo sabía, las cosas estaban pasando de prisa con Jeremy, no con mi hermano mayor.

Hizo un gesto de impotencia que sólo sirvió para enfurecerme aún más. La pobre e indefensa Taylor.

—Siempre me ha gustado tu hermano. Ya lo sabes, Belly.

—La verdad es que no. Pero gracias por contármelo.

—Cuando dijo que yo le gustaba, fue como, no me lo podía creer. No lo pensé.

—Ésa es la cuestión. No le gustas. Sólo te está utilizando porque estás aquí —espeté. Sabía que estaba siendo cruel pero también que era cierto. Después entré en casa y la dejé ahí plantada.

Me siguió y me agarró del brazo, pero me la sacudí de encima.

—Belly, por favor no te enfades conmigo. Quiero que las cosas se mantengan igual que ahora para siempre —dijo Taylor, con los ojos marrones rebosando lágrimas. Lo que quería decir en realidad era: «Quiero que tú seas siempre la misma, mientras a mí me crecen los pechos, dejo el violín y beso a tu hermano».

—Las cosas no pueden ser siempre iguales —repuse. Lo decía para hacerle daño, porque sabía que funcionaría.

—No te enfades conmigo, ¿de acuerdo, Belly? —rogó. Taylor no soportaba que la gente se enfadase con ella.

—No estoy enojada. Es sólo que creo que ya no nos conocemos como antes —respondí.

—No digas eso, Belly.

—Sólo lo digo porque es verdad.

—Lo siento, ¿vale? —repitió una vez más.

Aparté la vista un segundo.

—Prometiste que serías buena con él.

—¿Con quién? ¿Steven? —Taylor parecía sinceramente confundida.

—No. Jeremiah. Dijiste que te portarías bien con él.

Hizo un ademán con la mano dando a entender que era algo intrascendente.

—Ah, pero si no le importa.

—Claro que sí. Lo que pasa es que no lo conoces. —Como yo, quería añadir—. Nunca pensé que te comportarías como una, una... —Buscaba la palabra perfecta para lastimarla como ella había hecho conmigo—. Una zorra.

—No soy ninguna zorra —dijo en un tono apenas audible.

Así que éste era el poder que tenía sobre ella, mi supuesta inocencia contra su supuesta promiscuidad. No eran más que gilipolleces. Me habría cambiado por ella sin pensarlo.

Más tarde, Jeremiah me preguntó si quería jugar a las cartas. No habíamos jugado ni una vez en todo el verano. Había sido nuestra pequeña tradición. Me sentía agradecida de haberlo recuperado, incluso si no era más que un premio de consolación.

Repartió las cartas y empezamos a jugar, pero los dos estábamos distraídos. Teníamos otras cosas en la cabeza. Creía que teníamos el acuerdo tácito de no mencionarla porque quizá Jeremiah no sabía lo que había ocurrido pero entonces dijo:

—Ojalá no la hubieses traído.

—Yo también lo pienso.

—Es mejor cuando estamos nosotros solos —comentó mientras mezclaba las cartas.

—Sí —convine.

Después de que se marchase, después de ese verano, las cosas siguieron y no siguieron siendo iguales al mismo tiempo. Taylor y yo seguíamos siendo amigas, pero no mejores amigas, al menos no como antes. Nos conocíamos de toda la vida. Es complicado deshacerse de la historia. Es como desechar una parte de ti mismo.

Steven volvió a ignorar a Taylor y a obsesionarse con Claire Cho. Fingimos que no había pasado nada. Pero había ocurrido.

Capítulo veintinueve

Le oí llegar a casa. Creo que toda la casa debió de oírlo; excepto Jeremiah, que podría dormir durante un bombardeo. Conrad subió por la escalera tropezando y soltando palabrotas, y después cerró la puerta de su habitación y encendió la música a todo volumen. Eran las tres de la madrugada.

Seguí acostada unos tres segundos antes de levantarme de un salto y correr por el pasillo hasta su cuarto. Llamé dos veces a la puerta, pero la música estaba tan alta que dudo que oyera nada. Abrí la puerta. Estaba sentado en el borde la cama, quitándose los zapatos. Levantó la vista y me vio allí de pie.

—¿Tu madre no te enseñó a llamar a la puerta? —preguntó, levantándose y bajando el volumen del estéreo.

—Lo he hecho pero no me has oído con la música tan alta. Habrás despertado a toda la casa, Conrad.

Crucé el umbral y cerré la puerta a mis espaldas. Hacía mucho tiempo que no visitaba su habitación. Estaba igual que la recordaba, perfectamente ordenada. Por la de Jeremiah parecía que hubiese pasado un huracán, pero no por la de Conrad. Allí siempre había un lugar para cada cosa y todo estaba en su sitio. Sus dibujos a lápiz, colgados del corcho con chinchetas, sus maquetas de coches alineadas en la mesilla. Era reconfortante saber que al menos aquello seguía igual.

Iba despeinado, como si alguien le hubiese estado pasando las manos por el pelo. Probablemente la chica de la gorra de los Red Sox.

—¿Te vas a chivar, Belly? ¿Sigues siendo una chivata? —Lo ignoré y fui hasta su escritorio. Justo encima colgaba una foto suya enmarcada con el equipo de fútbol y la pelota bajo el brazo.

—Al final ¿por qué lo dejaste?

—Ya no era divertido.

—Pensaba que te encantaba.

—No, era a mi padre al que le entusiasmaba —dijo.

—Parecía que a ti también. —En la imagen parecía un chico duro, pero se notaba que intentaba no sonreír.

—¿Por qué dejaste la danza?

Me volví y le miré. Se estaba desabrochando la camisa del trabajo, era blanca y llevaba una camiseta debajo.

—¿Aún te acuerdas?

—Bailabas por toda la casa como un gnomo diminuto.

Le lancé una mirada severa.

—Los gnomos no bailan. Para tu información, yo era una bailarina de ballet.

Sonrió con suficiencia.

—¿Por qué lo dejaste, entonces?

Había sido durante la época en que mis padres se divorciaron. Mi madre no podía llevarme y traerme dos veces por semana ella sola. Tenía trabajo. Me pareció que ya no valía la pena. Empezaba a aburrirme de todos modos y

Taylor ya lo había dejado. Además, no me gustaba cómo me quedaba el maillot. Me crecieron los pechos antes que a las demás chicas y en la foto de la clase parecía una de las profesoras. Era embarazoso.

No respondí a la pregunta. En su lugar dije:

—¡Era muy buena! ¡Ahora mismo podría estar bailando para una compañía! —No era verdad. No era tan buena, ni de lejos.

—Claro —respondió burlón. Se le veía tan seguro de sí mismo allí sentado en la cama.

—Al menos sé bailar.

—Eh, que yo sé bailar —protestó.

Me crucé de brazos.

—Demuéstralo.

—No tengo que demostrarlo. Te enseñé unos cuantos pasos, ¿te acuerdas? Qué rápido olvidáis. —Conrad saltó de la cama, me agarró de la mano y me hizo girar—. ¿Ves? Estamos bailando.

Tenía el brazo colgado de mi cintura y empezó a reír antes de soltarme.

—Soy mejor bailarín que tú, Belly —aseguró antes de desplomarse en la cama.

Lo miré fijamente. No le entendía en absoluto. Un momento estaba melancólico y ensimismado y al siguiente estaba riendo y haciéndome girar por la habitación.

—A eso no lo considero bailar —dije yo. Salí de la habitación—. ¿Y podrías mantener bajo el volumen de la música? Ya has despertado a toda la casa.

Sonrió. Conrad tenía una forma de mirarte, a ti o a cualquiera, que parecía desenmarañar los problemas y que desearas echarte a sus pies. Respondió:

—Claro. Buenas noches, Bells. —Bells, mi apodo de hacía mil años.

Me ponía tan difícil el no quererle. Cuando era tan dulce, rememoraba el porqué. Por qué le había amado, quiero decir.

Me acordaba de todo.

Capítulo treinta
11 años

La casa de verano tenía un pila de CD para escuchar y nada más. Nos pasábamos todo el verano escuchando los mismos discos. Estaba The Police, que Susannah ponía por las mañanas; Bob Dylan por las tardes; y Billie Holiday para la cena. Por las noches, teníamos vía libre. Era graciosísimo. Jeremiah ponía su CD de Chronic y mi madre lo tarareaba mientras hacía la colada. A pesar de que detestaba el Gangsta rap. Y después mi madre ponía el CD de Aretha Franklin y Jeremiah cantaba todas las canciones, porque para entonces ya nos lo sabíamos de memoria de tantas veces que lo habíamos escuchado.

Mis favoritos eran el de la Motown y el de música playera. Los escuchaba en el walkman de Susannah mientras tomaba el sol. Esa noche puse el CD *Boggie Beach Shag* en el estéreo del salón, y Susannah agarró a Jeremiah y empezó a bailar. Jeremiah había estado jugando a póquer con Steven y mi madre, a la que se le daba muy, pero que muy bien el póquer.

En un primer momento, Jeremiah protestó, pero en seguida se puso a bailar. Se llamaba *the shag* y era un baile playero típico de los años 60. Los observé, Susannah riendo a carcajadas y Jeremiah haciéndola girar por la habitación, y también quise bailar. Mis pies se morían por danzar. Al fin y al cabo, practicaba danza clásica y moderna; podía alardear de lo buena que era.

—Stevie, baila conmigo —exigí, pinchándole con el dedo gordo del pie. Estaba tumbada en el suelo boca abajo, contemplándolos.

—Sí, claro —respondió. Tampoco era que supiera hacerlo.

—Connie, baila con Belly —le animó Susannah, con el rostro sonrojado mientras Jeremiah la hacía girar.

No me atrevía a mirar a Conrad. Temía que mi amor por él y mi necesidad de que dijera que sí estuviesen escritos sobre mi rostro como un poema.

Conrad suspiró. Por aquel entonces aún creía en hacer lo correcto. Me dio la mano y me levantó. Tambaleé un poco al ponerme de pie, pero no me soltó la mano.

—Así es como se hace el *shag* —dijo, moviendo los pies de un lado al otro—. Un-dos-tres, un-dos-tres, *rock step*.

Tardé unos cuantos intentos en conseguirlo. Era más complicado de lo que parecía, y estaba nerviosa.

—Sigue el ritmo —aconsejó Steven desde las bandas.

—No estés tan tensa, Belly. Es un baile relajado —comentó mi madre desde el sofá.

Intenté ignorarlos y mirar únicamente a Conrad.

—¿Cómo los aprendiste? —pregunté.

—Mi madre nos enseñó a los dos —respondió con sencillez.

Entonces me arrimó a él y puso mis brazos alrededor

de los suyos, de modo que hacíamos los pasos a la vez, uno al lado del otro.

—Esto se llama el abrazo.

El abrazo era mi parte favorita. Era lo más cerca de él que había estado nunca.

—Otra vez —dije yo, fingiendo confusión.

Me lo volvió mostrar, descansando su brazo sobre el mío.

—¿Ves? Ya lo estás pillando.

Me hizo rodar y me sentí desfallecer de puro júbilo.

Capítulo treinta y uno

Pasé el día siguiente en el océano con Cam. Preparamos un picnic, Cam hizo bocadillos de aguacate y repollo con la mayonesa casera de Susannah y con pan negro. Estaban muy buenos. Parecía que llevábamos horas en el agua. Cuando llegaba la cresta de la ola, uno de nosotros empezaba a reír y entonces la ola nos adelantaba. Me ardían los ojos del agua salada y la piel me escocía del roce de la arena, como si me hubiese restregado el cuerpo con el exfoliante St. Ives Apricot de mi madre. Fue estupendo.

Después nos dejamos caer en nuestras toallas. Me encantaba volver corriendo a la toalla después del frío y la humedad del océano para tostarme al sol. Podía seguir así todo el día: océano, arena, océano, arena.

Había empaquetado polos de fresa y los devoramos tan de prisa que me dolieron los dientes.

—Me encantan los polos —dije yo, alargando la mano para coger el último.

Cam me lo arrebató de las manos.

—Y a mí también, y tú ya te has comido tres y yo sólo dos —contestó, quitando el plástico protector. Puso una sonrisa enorme y me lo balanceó por encima de la boca.

—Tienes tres segundos para entregármelo —le advertí—. Me da lo mismo si tú has tomado dos polos y yo veinte. Es mi casa.

Cam se puso a reír y se lo metió entero en la boca. Masticando ostentosamente, comentó:

—No es tu casa. Es de Susannah.

—Eso demuestra lo poco que sabes. Es la casa de todos —repuse, volviendo a tumbarme en la toalla. De repente estaba muerta de sed. Es lo que pasa con los polos. Sobre todo si te tomas tres en menos de tres minutos. Le pregunté, con los ojos entornados:

—¿Por qué no vuelves a nuestra casa a por un poco de Kool-Aid? ¿Porfi?

—No conozco a nadie capaz de consumir tanto azúcar como tú en un solo día —aseguró Cam, sacudiendo la cabeza desconsoladamente—. El azúcar blanco es diabólico.

—Dijo el que se acaba de comer el último polo —contraataqué.

—No derroches y nunca te faltará de nada —respondió. Se levantó y se sacudió la arena del bañador—. Te traeré agua, no Kool-Aid.

Le saqué la lengua y me di la vuelta.

—Pero date prisa —dije.

No se dio ninguna prisa. Pasaron cuarenta y cinco minutos antes de que me decidiera a volver a la casa, cargada con las toallas, el protector solar y la basura, sudando como un camello en mitad del desierto. Cam estaba en el salón, jugando a la consola con los muchachos. Los tres estaban echados en el sofá en bañador. Todos pasábamos el verano así de arreglados.

—Muchas gracias por el Kool-Aid —dije, soltando con brusquedad la bolsa de playa.

Cam apartó la vista del juego con culpabilidad.

—Ups, perdón. Me han preguntado si quería jugar, así que... —Y perdió el hilo.

—No te disculpes —le aconsejó Conrad.

—Sí, ¿tú qué eres, su esclavo? ¿Ahora te tiene preparando sus bebidas? —dijo Jeremiah apretando con fuerza el pulgar contra el mando. Se volvió y me sonrió para mostrarme que estaba bromeando, pero yo no le devolví la sonrisa para indicarle que me parecía bien.

Conrad no dijo nada y yo ni siquiera lo miré. Aunque le notaba observándome. Quería que parase.

¿Cómo era que incluso teniendo un amigo, me sentía excluida de su club? Era injusto, y el día había ido tan bien.

—¿Dónde están Susannah y mi madre? —bufé.

—Han ido a algún sitio —respondió Jeremiah con vaguedad—. Puede que de compras.

Mi madre detestaba ir de compras. Susannah debió de arrastrarla fuera de casa.

Me marché ofendida a la cocina a por mi Kool-Aid. Conrad se levantó y me siguió. No necesitaba volverme para saber que era él.

Me dediqué a lo mío, sirviéndome un buen vaso de Kool-Aid de uva y fingiendo que Conrad no estaba allí de pie mirándome fijamente.

—¿Piensas seguir ignorándome? —dijo por fin.

—No —respondí—. ¿Qué quieres?

Suspiró y se acercó un poco.

—¿Por qué tienes que ser así? —Entonces se inclinó hacia delante, cerca, demasiado cerca—. ¿Me das un poco?

Dejé el vaso en el mostrador y me aparté, pero me agarró de la muñeca. Creó que solté un grito ahogado. Dijo:

—Venga ya, Bells.

Tenía los dedos fríos, como siempre. De repente, me sentí acalorada y febril. Me solté de un tirón.

—Déjame en paz.

—¿Por qué estás tan cabreada conmigo? —Tuvo la desfachatez de aparentar una confusión y una ansiedad sinceras. Porque para él, ambas cosas estaban conectadas: si estaba confuso, también estaba ansioso. Y casi nunca estaba desconcertado, así que casi nunca estaba preocupado. Nunca había sufrido por mí, eso estaba claro. Para él, yo era intrascendente. Siempre lo había sido.

—¿De verdad te importa? —Notaba cómo me latía el corazón con fuerza dentro del pecho. Me sentía irritable y extraña mientras esperaba su respuesta.

—Sí. —Conrad parecía sorprendido, como si tampoco pudiese creer que le importase.

El problema era que yo tampoco lo sabía. Supuse que era por cómo me hacía sentir turbada por dentro. Siendo amable un momento y frío al siguiente. Me hacía recordar cosas que no quería rememorar. Ahora no. Las cosas iban muy bien con Cam, pero cada vez que estaba segura de lo que sentía por él, Conrad me miraba de cierta forma, o bailaba conmigo, o me llamaba Bells, y todo se iba al infierno.

—Por qué no te vas a fumar un cigarro —le dije.

Le tembló un músculo de la mandíbula.

—Vale —respondió.

Sentí una mezcla de satisfacción y culpabilidad al comprender que por fin había tocado un nervio. Y entonces dijo:

—¿Por qué no vas a mirarte al espejo un rato más?

Fue como si me hubiese abofeteado. Es humillante saber que te han pillado, que alguien conoce tu lado malo. ¿Me había sorprendido mirándome al espejo, admirándome a mí misma? ¿Creerían todos que me había vuelto vanidosa y superficial?

Cerré los labios con fuerza y me aparté de él, sacudiendo lentamente la cabeza.

—Belly... —empezó. Lo sentía de verdad. Lo llevaba escrito por toda la cara.

Entré en el salón y lo dejé ahí de pie. Cam y Jeremiah me miraron como si supieran que pasaba algo. ¿Nos habían oído? ¿Acaso importaba?

—La siguiente partida la juego yo —advertí. Me pregunté si era así como morían los antiguos amores, agotados, con lentitud, y de repente, como si nada, dejaban de existir.

Capítulo treinta y dos

Cam volvió a venir a casa y se quedó hasta tarde. Alrededor de medianoche le sugerí si quería ir a pasear por la playa. Y lo hicimos, incluso fuimos de la mano. El océano se veía plateado e insondable, como si tuviese un millón de años. Cosa que supuse que debía de ser verdad.

—¿Verdad, acción o beso? —me preguntó.

No estaba de humor para verdades. Me vino una idea a la cabeza. Era la siguiente: quería bañarme desnuda. Con Cam. Eso era lo que los chicos mayores hacían en la playa, era una especie de prueba de que había crecido.

Así que dije:

—Cam, juguemos a Qué preferirías. ¿Qué preferirías, bañarte desnudo en el mar ahora mismo, o...? —Tenía problemas para pensar en un «o».

—Lo primero, lo primero —respondió sonriendo—. O los dos, no importa lo que sea lo segundo.

La cabeza me daba vueltas, casi como si estuviese borracha. Salí corriendo hacia el agua y arrojé mi sudadera en la arena. Llevaba el biquini bajo la ropa.

—Éstas son las reglas —expliqué mientras me desabrochaba los pantalones—. ¡Sin desnudos hasta que estemos completamente sumergidos! ¡Y nada de mirar!

—Espera —dijo, corriendo hacia mí, con la arena volando por todos lados—. ¿Lo dices en serio?

—Pues sí. ¿No quieres?

—Sí, pero ¿qué pasa si nos ve tu madre? —Cam echó una mirada a la casa.

—No puede. No se ve nada desde la casa; está demasiado oscuro.

Volvió a mirarme y después a la casa.

—Quizá luego —respondió vacilante.

Me quedé mirándolo. ¿No era él quien se suponía que debía convencerme?

—¿Hablas en serio? —lo que quería decir en realidad era: «¿Eres gay?».

—Sí, no es lo bastante tarde. ¿Qué pasa si aún hay gente despierta? —Recogió mi sudadera y me la ofreció—. Podemos volver luego.

Sabía que no lo decía en serio.

Una parte de mí estaba enfadada y la otra estaba aliviada. Era como tener ansias de comer un sándwich de plátano frito y mantequilla de cacahuete y darte cuenta después de dos mordiscos de que en realidad no te apetecía.

Le quité la sudadera de las manos y dije:

—No me hagas favores, Cam. —Y volví caminando a casa lo más rápido que pude, levantando arena a mi paso. Tampoco me volví para comprobar qué estaba haciendo Cam. Seguramente estaría sentado en la arena escribiendo uno de sus estúpidos poemas bajo la luz de la luna.

En cuanto llegué, irrumpí en la cocina como un vendaval. Había una luz encendida; Conrad estaba sentado en la cocina comiendo sandía con una cuchara.

—¿Dónde está Cam Cameron? —preguntó en tono sarcástico.

Tuve que pararme a pensar un momento para decidir si estaba siendo amable o burlándose de mí. Su expresión era normal y anodina, así que supuse que un poco de las dos cosas. Si iba a aparentar que la pelea de antes no había ocurrido, entonces yo también.

—Quién sabe —repuse, rebuscando por la nevera y sacando un yogur—. ¿Y a quién le importa?

—¿Pelea de enamorados?

Su mueca de autosuficiencia hizo que me vinieran ganas de abofetearlo.

—Métete en tus asuntos —dije yo, sentándome a su lado con una cuchara y un yogur de fresa. Era uno de los sin grasa de Susannah y la parte superior tenía un aspecto entre sólido y acuoso. Cerré la tapa de papel de aluminio y lo aparté. Conrad me pasó la sandía.

—No deberías ser tan dura con los demás, Belly.

Entonces se levantó y dijo:

—Y ponte una camiseta.

Tomé una cucharada de sandía y le saqué la lengua a su figura mientras se alejaba. ¿Por qué me hacía sentir como si todavía fuese una niña de trece años? Casi podía oír la voz de mi madre en mi cabeza: «Nadie puede hacerte sentir nada, Belly. No sin tu permiso. Lo dijo Eleanor Roosevelt. Estuve a punto de ponerte su nombre». Bla, bla, bla. Pero tenía algo de razón. No volvería a permitirle que me hiciese sentir mal, nunca más. Sólo hubiese querido tener el pelo mojado o arena en la ropa para que pensara que habíamos hecho algo, aunque no fuese así.

Me senté a la mesa a comer sandía. Comí hasta vaciar casi un cuarto. Esperaba a que Cam volviese y, cuando no lo hizo, me enfadé aún más. Me sentía tentada de cerrarle la puerta en la cara. Seguro que conocería a algún indigente y se convertiría en su mejor amigo y al día siguiente me explicaría la historia completa de su vida. No es que hubiese mendigos en nuestra parte de la playa. De hecho, tampoco había visto a gente sin techo en Cousins. Pero si había alguno, Cam lo encontraría.

Sólo que Cam no volvió a la casa. Simplemente se marchó. Oí como arrancaba el coche y observé cómo se alejaba por el camino desde el pasillo de la planta baja. Quise correr tras él y gritarle. Se suponía que iba a volver. ¿Y si había echado a perder las cosas y ya no le gustaba? ¿Y si nunca volvía a verlo?

Esa noche permanecí tendida en la cama, pensando en lo de prisa que llegan los amores de verano y también en lo rápido que terminan.

Pero a la mañana siguiente, cuando salí al porche a comer mi tostada, encontré una botella vacía de agua en los escalones que conducían a la playa. Poland Spring, la marca que siempre bebía Cam. Había un trozo de papel dentro, una nota. Un mensaje en una botella. La tinta estaba un poco corrida, pero aún se podía leer. Decía: «Te debo un baño desnudos».

Capítulo treinta y tres

Jeremiah me dijo que podía ir a la piscina del club mientras trabajaba de socorrista. No había estado nunca en la piscina del club de campo. Era enorme y lujosa, así que aproveché la oportunidad. El club de campo me parecía un lugar misterioso. El verano anterior, Conrad no nos había dejado visitarle; dijo que era embarazoso.

A media tarde, monté en bici hasta allí. La vegetación era verde y exuberante y estaba rodeada de un campo de golf. Había una chica en una mesa con un sujetapapeles, fui hasta allí y le dije que había ido a ver a Jeremiah, y me hizo pasar.

Divisé a Jeremiah antes que él a mí. Estaba sentado en la silla del socorrista, charlando con una chica de pelo oscuro que llevaba un biquini blanco. Los dos estaban riendo. Parecía tan importante en esa silla. Nunca le había visto en un trabajo de verdad.

De repente me sentí cohibida. Me acerqué con lentitud, con mis chanclas dando palmadas contra el suelo.

—Hola —dije cuando estaba a pocos metros.

Jeremiah me miró desde arriba y sonrió.

—Has venido —dijo, entornando los ojos y poniendo las manos en visera para protegerse del sol.

—Sep. —Balanceé la bolsa adelante y atrás, como un péndulo. Tenía mi nombre escrito en cursiva. Era de L. L. Bean, un regalo de Susannah.

—Belly, ésta es Yolie. Mi co-socorrista.

Yolie alargó el brazo y me dio la mano. Se me ocurrió que era un gesto muy formal para alguien que iba en biquini. Tenía un apretón de manos muy firme, mi madre lo hubiese apreciado.

—Hola, Belly —me saludó—. Me han hablado mucho de ti.

—¿Ah sí? —levanté la vista hacia Jeremiah.

Jeremiah sonrió con suficiencia.

—Sí. Le he contado que roncas tanto que te oigo desde la otra punta del pasillo.

Le di un puñetazo en el pie.

—Cierra la boca.

Volviéndome hacia Yolie, respondí:

—Encantada de conocerte.

Me sonrió. Tenía hoyuelos en ambas mejillas y un diente de abajo un poco torcido.

—Lo mismo digo. Jere, ¿quieres tomarte el descanso ahora?

—Dentro de un rato —contestó—. Belly, ve a trabajar en tu baño solar.

Le saqué la lengua y extendí mi toalla en una tumbona no muy lejos. La piscina era turquesa y había dos trampolines, uno alto y otro más bajo. Había un montón de niños salpicándose dentro y decidí que yo también nadaría cuando ya no soportara más el calor. Me tumbé con las gafas de sol puestas y los ojos cerrados, bronceándome y escuchando música.

Jeremiah vino al cabo de poco. Se sentó en el borde de la silla y bebió de mi termo de Kool-Aid.

—Es guapa —comenté.

—¿Quién? ¿Yolie? —Se encogió de hombros—. Es simpática. Una de mis muchas admiradoras.

—¡Ja!

—¿Y tú qué? ¿Conque Cam Cameron? Cam el vegetariano. Cam el *straight edge.*

Intenté contener mi sonrisa.

—¿Y qué? A mí me gusta.

—Es un poco primo.

—Eso es lo que me gusta de él. Es... diferente.

Frunció un poco el ceño.

—¿Diferente de quién?

—No lo sé. —Pero sí que lo sabía. Sabía exactamente de quién era distinto.

—¿Quieres decir que no es un imbécil como Conrad?

Ambos nos reímos.

—Sí, exactamente. Es agradable.

—Sólo agradable, ¿eh?

—Más que eso.

—¿Así que ya lo has superado? ¿De verdad? —Los dos sabíamos a quién se refería.

—Sí —le respondí.

—No te creo —dijo Jeremiah, observándome con atención, como cuando intentaba adivinar qué mano tenía en una partida del Uno.

Me quite las gafas de sol y le miré a los ojos.

—Es cierto. Lo tengo superado.

—Ya veremos —dijo Jeremiah poniéndose de pie—. Se ha terminado mi descanso. ¿Estás bien aquí? Espera un rato y te llevaré a casa. Puedo poner la bici detrás.

Asentí y lo estudié mientras volvía a la silla de socorrista. Jeremiah era un buen amigo. Siempre se había portado bien conmigo; siempre había cuidado de mí.

Capítulo treinta y cuatro

Susannah y mi madre estaban sentadas en las sillas de playa y yo estaba tumbada en la vieja toalla Ralph Lauren del osito de peluche. Era mi preferida porque era extra larga y se mantenía suave después de miles de lavados.

—¿Qué haces esta noche, ratita? —me preguntó mi madre. Me encantaba cuando me llamaba así. Me traía recuerdos de cuando tenía seis años y me quedaba dormida en su cama. Orgullosa, respondí:

—Cam y yo vamos a Putt Putt.

De pequeños íbamos a menudo. El señor Fisher nos llevaba y se dedicaba a enfrentar a los chicos entre ellos. —Veinte dólares para el primero en hacer hoyo en uno. Veinte dólares para el ganador—. A Steven eso lo volvía loco. Creo que deseaba que el señor Fisher fuera nuestro padre. De hecho, lo pudo haber sido. Susannah me explicó que mi madre había salido con él primero, pero se lo pasó a Susannah porque sabía que formarían la pareja perfecta.

El señor Fisher me incluía en las competiciones de mini golf, pero no contaba con que ganase. Claro que nunca lo hice. Detestaba el mini golf con sus lápices diminutos y el césped falso. De tan perfecto resultaba irritante. Un poco como el señor Fisher. Conrad anhelaba tanto ser como él, y yo deseba que nunca llegase a serlo.

La última vez que estuve en Putt Putt tenía trece años y me había venido la regla por primera vez. Llevaba shorts blancos y Steven se asustó. Creyó que me había cortado o algo así; por un segundo, yo también lo pensé. Después de que me viniera el período durante el cuarto hoyo, no quise volver. Ni siquiera cuando los muchachos me invitaban. Así que ir con Cam era como reclamar el Putt Putt, recuperarlo para mi yo de los doce años. Ir había sido idea mía.

Mi madre dijo:

—¿Puedes volver temprano? Me gustaría que pasáramos tiempo juntos, tal vez ver una peli.

—¿Cómo de temprano? Vosotras os metéis en la cama como a las nueve.

Mi madre se quitó las gafas de sol y me miró. Tenía dos marcas en la nariz donde habían estado las gafas.

—Me gustaría que pasases más tiempo en la casa.

—Estoy en la casa ahora mismo —le recordé.

Se comportó como si no me hubiese oído.

—Has estado pasando tanto tiempo con ese chico...

—¡Dijiste que te gustaba! —Miré a Susannah en busca de apoyo y me devolvió una mirada comprensiva.

Mi madre suspiró y Susannah aclaró lo que quería decir:

—Nos gusta Cam. Es sólo que te añoramos, Belly. Aceptamos completamente el hecho de que ahora tienes tu propia vida. —Se puso bien el amplio sombrero de paja y me guiñó el ojo—. ¡Sólo queremos que nos incluyas un poco en tus planes!

Sonreí en contra de mi voluntad.

—De acuerdo —respondí, tumbándome en la toalla—. Volveré temprano y veremos una peli.

—Hecho —resolvió mi madre.

Cerré los ojos y me puse los auriculares. Quizá tenían razón. Pasaba todo mi tiempo con Cam, puede que me añorasen de verdad. Pero no podían dar por hecho que pasaría todas las noches en casa como había hecho los veranos anteriores. Tenía casi dieciséis años, era prácticamente una adulta. Mi madre debía aceptar que no podía ser su ratita para siempre.

Pensaban que estaba dormida cuando empezaron a hablar. Pero no lo estaba. Oía lo que decían por encima de la música.

—Conrad se ha estado comportando como un cabroncete —dijo mi madre en voz baja—. Esta mañana ha dejado un montón de botellas de cerveza vacías en el porche para que las limpiara. Se está pasando de la raya.

Susannah soltó un suspiro.

—Creo que sabe que pasa algo. Lleva meses así. Es tan sensible, estoy convencida de que es el que peor lo va a pasar.

—¿No crees que empieza a ser hora de que se lo cuentes a los muchachos? —Siempre que mi madre decía «¿No crees?», lo que quería decir en realidad era «Es lo que yo creo y tú también deberías».

—Al final del verano. Es más que suficiente.

—Beck —empezó mi madre—. Creo que podría ser el momento.

—Cuando llegue el momento, lo sabré —repuso Susannah—. No me presiones, Laur.

Mi madre no podía decir nada para hacer que cambiase de opinión. Susannah era blanda, pero resuelta, tozuda como una mula cuando quería. Era puro acero debajo de tanta dulzura.

Quería decirles a las dos que Conrad ya lo sabía y que Jeremiah también, pero no fui capaz. No era lo correcto. No tenía derecho a contarlo.

Susannah deseaba que fuese una especie de verano perfecto, en el que los padres permanecían juntos y todo seguía como siempre. «Esos veranos ya no existen», quise decirle.

Capítulo treinta y cinco

Cam me vino a buscar al atardecer. Esperé en el porche de delante y cuando aparcó en la entrada, corrí hasta su coche. En lugar de meterme en el asiento del pasajero, di la vuelta hasta el lado del conductor.

—¿Me dejas conducir? —pregunté. Sabía que diría que sí. Sacudió la cabeza y repuso con frialdad:

—¿Cómo se las arregla la gente para responderte que no a algo?

Pestañeé con aire ingenuo.

—Nadie me niega nada —respondí, aunque no era verdad, ni de lejos.

Abrí la puerta del coche y él se cambió de asiento.

Mientras nos alejábamos de la entrada, le comenté:

—Hoy tengo que volver a casa temprano.

—Ningún problema. —Entonces carraspeó—. Y, mmm, ¿puedes frenar un poco? Aquí el límite de velocidad es treinta y cinco.

Durante el trayecto, no paraba de mirarme y sonreír.

—¿Qué? ¿Por qué sonríes? —pregunté. Sentí el impulso de taparme la cara con la camiseta.

—En vez de una pista de esquí, tu nariz es como una mini pista para novatos. —Alargó el brazo y le dio un golpecito suave. Se la aparté de un manotazo.

—No me gusta mi nariz —le expliqué.

Cam estaba perplejo.

—¿Por qué? Tienes una nariz preciosa. La belleza está hecha de imperfecciones.

Me pregunté si eso quería decir que me consideraba bella; si por eso le gustaba, por mis imperfecciones.

Al final nos quedamos hasta más tarde de lo planeado. Los que iban delante pasaban una eternidad en cada hoyo; eran una pareja y se detenían a cada momento para besarse. Era irritante, quería decirles que el mini golf no es para pegarse el lote, para eso está el autocine. Y después a Cam le entró hambre, así que nos detuvimos a comer almejas fritas, y ya eran las diez pasadas, y sabía que mi madre y Susannah ya estarían durmiendo.

Me dejó conducir hasta casa. Ni siquiera tuve que preguntar; me ofreció las llaves directamente. Apagué el motor en la entrada. Todas las luces estaban apagadas, excepto la de Conrad.

—No quiero entrar todavía —le dije a Cam.

—Creía que tenías que volver temprano.

—Debía. Es sólo que aún no estoy lista para entrar. —Encendí la radio y nos sentamos a escucharla cinco minutos.

Cam se aclaró la garganta y dijo:

—¿Puedo besarte?

Habría preferido que no lo preguntase, que lo hubiese hecho espontáneamente. Que pidiese permiso me hacía sentir incómoda porque me ponía en la posición de tener que decir que sí. Casi pongo una mueca, pero en su lugar dije:

—Mmm, vale. Pero la próxima vez, no preguntes, por favor. Preguntarle a alguien si quiere besarte es raro, se supone que lo haces y ya está.

Me arrepentí de inmediato al ver la expresión en el rostro de Cam.

—Déjalo —repuso, rojo como un tomate—. Olvida lo que he dicho.

—Cam, lo sien... —Antes de que pudiese acabar, se inclinó y me besó. Estaba sin afeitar, el tacto era áspero pero agradable.

Al terminar, dijo:

—¿Vale?

Sonreí y contesté:

—Vale. —Me desabroché el cinturón de seguridad—. Buenas noches.

Salí de su coche y volvió a sentarse en el asiento del conductor. Nos abrazamos y me sorprendí deseando que Conrad nos estuviese viendo. Aunque ya no importase, aunque ya no me gustara. Quería que supiese que ya no le quería, que lo comprendiese de verdad. Que lo viese con sus propios ojos.

Corrí hasta la puerta y no tuve que volverme para saber que, antes de marcharse, Cam esperaría a que entrase.

Al día siguiente, mi madre no sacó el tema pero no hacía falta. Podía hacerme sentir culpable sin decir una sola palabra.

Capítulo treinta y seis

Mi cumpleaños siempre marcaba el principio del fin del verano. Era lo último que esperaba con ansias. Y este verano cumplía dieciséis años. Se supone que los dulces dieciséis tienen que ser algo especial, importante. Taylor iba a alquilar una sala de fiestas para el suyo, su primo iba a pinchar y pensaba invitar a todo el instituto. Lo tenía planeado desde hacía siglos. Mis cumpleaños en Cousins siempre era iguales: pastel, regalos de broma de los muchachos y repasar los viejos álbumes de fotos apretujada en el sofá entre Susannah y mi madre. Todos mis cumpleaños los había pasado allí, en esa casa. Hay fotos de mi madre sentada en el porche embarazada, con un vaso de té helado y una pamela, y yo estoy allí, dentro de su tripa. También hay fotos de los cuatro, Conrad, Steven, Jeremiah y yo corriendo por la playa; en ellas estoy desnuda excepto por mi sombrero de cumpleaños. Mi madre no me puso el bañador hasta los cuatro años. Me dejaba ir por ahí como una salvaje.

No esperaba que este cumpleaños fuese distinto. Lo

que resultaba reconfortante a la vez que deprimente. Excepto que Steven no iba a estar; mi primer cumpleaños sin él intentando apartarme a codazos y soplar las velas antes que yo.

Ya sabía lo que mis padres me iban a regalar: el viejo coche de Steven; lo habían llevado a revisar y pintar de nuevo. Cuando volviese al instituto, tomaría clases de conducción y pronto no tendría que pedir a nadie que me llevara.

No pude evitar preguntarme si alguien en casa se acordaba de mi cumpleaños. Aparte de Taylor, ella siempre se acordaba. Me llamaba cada año exactamente a las 9.02 de la mañana para cantarme cumpleaños feliz. Era bonito y todo eso, pero el problema de cumplir años en verano y estar fuera era que no podías celebrar una fiesta con todos tus amigos de clase. No te pegaban globos en la taquilla ni nada de eso. Nunca me había importado, pero entonces me importó sólo un poquitín.

Mi madre me dijo que podía invitar a Cam. Pero no lo hice. Ni siquiera le dije que era mi cumpleaños. No quería que se sintiera obligado a hacer algo. Pero había algo más. Decidí que si este cumpleaños iba a ser como todos los demás, debía al menos celebrarlo como siempre. Seríamos nosotros solos, la familia de verano.

Al despertar, la casa olía a mantequilla y a azúcar. Susannah había preparado un pastel. Tenía tres capas y era rosa con un borde blanco. Escribió en glaseado blanco con letras grandes y elegantes «Feliz cumpleaños, Bells». Encendió unas bengalas que chispeaban como luciérnagas chifladas. Ella y mi madre empezaron a cantar y Susannah hizo un ademán a Conrad y a Jeremiah para que se unieran. Los dos lo hicieron, desafinados y totalmente repelentes.

—Pide un deseo, Belly —dijo mi madre.

Aún iba en pijama, y no pude reprimir una sonrisa. Los últimos cuatro cumpleaños había deseado lo mismo. Este año no. Esta vez iba a desear algo diferente. Contemplé cómo se apagaban las bengalas, cerré los ojos y soplé.

—Abre mi regalo primero —insistió Susannah. Me arrojó a las manos una caja pequeña envuelta en papel rosa.

Mi madre le lanzó una mirada inquisitiva.

—¿Qué has hecho esta vez, Beck?

Sonrió misteriosamente y me apretó la muñeca.

—Ábrelo, cariño.

Arranqué el papel y abrí la caja. Era un collar de perlas, una hebra de diminutas perlas de color crema con un cierre de oro. Parecía antiguo, no el tipo de cosa que se puede comprar hoy en día. Era como el reloj suizo de pie de mi padre, cuidadosamente trabajado hasta el detalle del cierre.

Era lo más precioso que había visto en mi vida.

—Dios mío —exclamé levantándolo.

Miré a Susannah, que estaba radiante, y después a mi madre, pensando que iba a decir que era demasiado extravagante, pero no lo hizo. Sonrió y preguntó:

—¿Son esas...?

—Sí. —Susannah se volvió hacia mí y dijo:

—Mi madre me las regaló cuando cumplí los dieciséis. Quiero que las tengas tú.

—¿En serio? —Miré otra vez a mi madre para asegurarme de que estaba de acuerdo. Asintió—. Vaya, gracias, Susannah, son preciosas.

Me las quitó de las manos y me las abrochó en torno al cuello. Nunca había llevado perlas y no podía parar de tocarlas.

Susannah dio una palmada, no le gustaba entretenerse demasiado después de dar el regalo. Sólo disfrutaba del hecho de regalarlo.

—Muy bien, ¿quién es el siguiente? ¿Jeremiah? ¿Con?

Conrad se removió incómodo.

—Lo olvidé. Perdona, Belly.

Parpadeé, nunca antes se había olvidado de mi cumpleaños.

—No pasa nada —repuse. Ni siquiera podía mirarle.

—Abre el mío —dijo Jeremiah—. Aunque después de eso, el mío da lástima. Muchas gracias, mamá—. Me entregó una cajita y se recostó en su silla.

Sacudí la caja.

—Vale, ¿qué puede ser? ¿Caca de plástico? ¿Un llavero con una matrícula de coche?

Jeremiah sonrió.

—Ya verás. Yolie me ayudó a elegirlo.

—¿Quién es Yolie? —preguntó Susannah.

—Una chica que está enamorada de Jeremiah —respondí mientras abría la caja.

Dentro, descansando sobre un nido de algodón, había un colgante con una diminuta llave de plata.

Capítulo treinta y siete
11 años

—Feliz cumpleaños, caraculo —canturreó Steven, volcándome un cubo de arena en las piernas. Un cangrejo se arrastró por la arena y me subió por el muslo. Solté un chillido agudo y me levanté de un saltó. Perseguí a Steven por la playa, con una furia incandescente precipitándose por mis venas. No era lo bastante veloz como para atraparlo; nunca lo era. Steven se dedicaba a correr en círculos en torno a mí.

—Ven a soplar las velas —dijo mi madre.

En cuanto Steven se volvió para volver a la toalla, le salté a la espalda y con un brazo alrededor del cuello, le tiré del pelo con todas mis fuerzas.

—¡Ay! —aulló, dando un traspié. Me aferré a su espalda como un mono, incluso con Jeremiah tirándome del pie para despegarme. Conrad se cayó de rodillas de la risa.

—Niños —llamó Susannah—. ¡Hay pastel!

Me bajé de un salto de la espalda de Steven y gateé hasta la manta.

—¡Te voy a pillar! —gritó Steven, corriendo tras de mí.

Me escondí detrás de mi madre.

—No puedes. Es mi cumpleaños. —Le saqué la lengua. Los muchachos se dejaron caer en la manta, mojados y cubiertos de arena.

—Mamá —se lamentó Steven—. Me ha arrancado un manojo de pelo.

—Steven, tienes toda la cabeza llena de cabello. Yo no me preocuparía por un poquito. —Mi madre encendió las velas en el pastel que había preparado por la mañana. Era un pastel Duncan Hines amarillo, un poco torcido y con glaseado de chocolate. Tenía mala letra, así que «Feliz cumpleaños» se leía «Feliz cunpleños»

Soplé las velas antes de que Steven intentase «ayudarme». No quería que robase mi deseo. Deseé a Conrad, obviamente.

—Abre los regalos, Smelly —dijo Steven en tono sombrío. Ya sabía lo que me había comprado. Un bote de desodorante. Lo había envuelto en Kleenex; se veía a través del pañuelo.

Lo ignoré y tomé una cajita plana envuelta en papel de regalo con motivos marinos. Era de Susannah, así que estaba segura de que iba a ser algo bueno. Arranqué el papel y en el interior encontré una pulsera de dijes, de la tienda preferida de Susannah, Rheingold's, donde vendían porcelana y lujosas cristalerías. La pulsera tenía cinco colgantes: una concha marina, un bañador, un castillo de arena, unas gafas de sol y una herradura.

—Por lo afortunados que somos de tenerte en nuestras vidas —comentó Susannah, tocando la herradura.

Lo alcé y los amuletos brillaban y centelleaban al sol.

—Me encanta.

Mi madre estaba callada. Sabía lo que estaba pensando, que había gastado demasiado dinero. Me sentí culpable de que me gustase tanto el brazalete. Mi madre me había comprado partituras y un CD. No teníamos tanto dinero como ellos y en ese momento comprendí lo que eso significaba.

Capítulo treinta y ocho

—Me encanta —dije.

Subí corriendo a mi habitación, directamente a la caja de música encima del tocador donde guardaba la pulsera de dijes. Tomé la pulsera y volví a bajar.

—¿Ves? —le mostré, poniendo la llave en el brazalete y abrochándomelo a la muñeca.

—Es una llave porque empezarás a conducir pronto. ¿Lo pillas? —explicó Jeremiah acomodándose en la silla y entrelazando las manos detrás de la nuca.

Lo pillaba. Sonreí para demostrárselo.

Conrad se encorvó para verla de cerca.

—Es bonita —comentó.

La sostuve en la palma de la otra mano. No podía dejar de mirarla.

—Pero es de Rheingold's. Será carísima.

—He ahorrado todo el verano para comprarla —dijo solemnemente.

Le miré fijamente.

—¡No puede ser!

Se le escapó una sonrisa.

—Has caído. Tan crédula como siempre, ¿no?

Le di un puñetazo en el brazo y le dije:

—No te había creído, idiota. —Aunque sí lo había hecho, por un segundo.

Jeremiah se restregó el brazo donde le acababa de golpear.

—Tampoco era tan caro. Además, ahora soy un tipo importante, ¿te acuerdas? No te preocupes por mí. Me alegro de que te guste, Yolie dijo que seguro que acertaba.

Le abracé con fuerza.

—Es perfecto.

—Qué regalo tan maravilloso, Jere —apuntó Susannah—. Es mejor que mi viejo collar, eso está claro.

Se puso a reír.

—Sí, seguro —respondió, pero se notaba que estaba satisfecho.

Mi madre se levantó y empezó a cortar el pastel. No se le daba muy bien: los trozos eran demasiado grandes y se desmontaban por los lados.

—¿Quién quiere pastel? —preguntó, lamiéndose el dedo.

—No tengo hambre —dijo Conrad bruscamente. Se levantó y miró el reloj—. Tengo que vestirme para ir a trabajar. Feliz cumpleaños, Belly.

Su fue al piso de arriba y nadie comentó nada durante un minuto. Entonces mi madre dijo en voz muy alta:

—Este pastel está delicioso. Come un poco, Beck. —Me puso una porción delante.

Con una sonrisa débil, Susannah respondió:

—Yo tampoco tengo hambre. Ya sabes lo que dicen sobre los cocineros que no gustan de su comida. Pero comed vosotros.

Me zampé un buen mordisco.

—Mmm, pastel amarillo, mi favorito.

—Que no quede ni una miga —dijo mi madre.

Capítulo treinta y nueve

Conrad invitó a Nicole, la chica de la gorra de los Red Sox, a casa. Nuestra casa. No me podía creer que esa chica estuviese allí. Era chocante.

Estaba en el porche a media tarde, sentada a la mesa de jardín comiendo un sándwich de Doritos cuando llegaron. Ella llevaba shorts extra cortos y una camiseta blanca, y un par de gafas de sol en la cabeza. La gorra de los Red Sox no estaba a la vista. Se la veía muy chic. Parecía encajar perfectamente, no como yo, con mi vieja camiseta de Cousins Beach que también me servía de pijama. Pensaba que al menos entrarían en la casa, pero se quedaron en la otra punta del porche, tirados en las tumbonas. No oía lo que decían, pero la escuchaba a ella riendo como una loca.

A los cinco minutos ya no podía más. Me puse al teléfono y llamé a Cam. Dijo que llegaría en media hora pero fueron más bien unos quince minutos. Entraron en casa mientras Cam y yo discutíamos sobre qué película íbamos a ver.

—¿Qué vais a poner? —preguntó Conrad, sentándose

en el sofá de enfrente del nuestro. La chica de la gorra de los Red Sox se sentó a su lado. Estaba prácticamente en su regazo.

No le miré al responder.

—Lo estamos decidiendo. —Con el énfasis en «estamos».

—¿Nos podemos quedar a verla? —consultó Conrad—. Conocéis a Nicole, ¿verdad?

¿Así que de repente a Conrad le apetecía ser sociable, después de pasarse todo el verano encerrado en su habitación?

—Hola —dijo en tono hastiado.

—Hola —respondí, intentando imitar su actitud lo mejor posible.

—Hola, Nicole —dijo Cam. Quería advertirle de que no fuese tan simpático pero sabía que no iba a hacerme caso—. Yo quiero ver *Reservoir Dogs* pero Belly prefiere *Titanic*.

—¿En serio? —exclamó la chica y Conrad se puso a reír.

—A Belly le encanta *Titanic* —comentó burlón.

—Me gustaba cuando tenía unos nueve años —repuse—. Quiero verla ahora para que podamos reírnos, para tu información. —Estaba fresca como una lechuga, no iba a permitir que Conrad me provocase otra vez delante de Cam. Y de hecho, me seguía encantando *Titanic*. ¿Cómo no iba a gustarme un romance trágico en un barco condenado al desastre? Sabía de buena mano que a Conrad también le agradaba, aunque fingiese lo contrario.

—Yo voto por *Reservoir Dogs* —dijo Nicole, inspeccionándose las uñas.

Pero ¿tenía derecho a votar? Total, ¿qué pintaba aquí?

—Dos votos para *Reservoir Dogs* —apuntó Cam—. ¿Y tú qué, Conrad?

—Creo que votaré por *Titanic* —contestó en tono insulso—. *Reservoir Dogs* es incluso peor que *Titanic*. Está sobrevalorada.

Me quedé mirándolo con los ojos entornados.

—¿Sabes qué? Creo que cambiaré mi voto a *Reservoir Dogs*. Así que parece que te superamos en número, Conrad —contraataqué.

Nicole levantó la vista de sus uñas y dijo:

—Vale, pues yo cambio mi voto a *Titanic*.

—¿Y tú quién eres? —mascullé entre dientes—. ¿Tiene derecho a votar en esta casa?

—¿Y él? —Conrad le dio un codazo a Cam, que parecía sobresaltado—. Es broma, tío.

—Vamos a ver *Titanic* y ya está —dijo Cam, sacando el DVD de la funda.

Nos sentamos a ver la película. Todos se echaron a reír cuando Jack se levantó y dijo:

—Soy el rey del mundo.

Yo estaba callada. A media película, Nicole susurró algo en el oído de Conrad y los dos se pusieron de pie.

—Nos vemos luego —dijo Conrad.

En cuanto se fueron, cuchicheé:

—Son asquerosos. Seguro que han ido arriba a hacerlo.

—¿Hacerlo? ¿Quién dice «hacerlo»? —repuso Cam, divertido.

—Cierra la boca. ¿No te parece repulsiva?

—¿Repulsiva? No. Creo que es mona. Aunque tal vez lleve demasiado bronceador.

No pude evitar reírme.

—¿Bronceador? ¿Qué sabes tú de bronceadores?

—Acuérdate de que tengo una hermana mayor —contestó con una sonrisa tímida—. Le gusta el maquillaje y compartimos un baño.

No me acordaba de que Cam me hubiese contado que tenía una hermana.

—Bueno, como sea, lleva demasiado bronceador. ¡Tiene la piel de color naranja brillante! Me pregunto dónde se habrá dejado la gorra de los Red Sox —cavilé.

Cam tomó el mando a distancia y puso la película en pausa.

—¿Por qué te obsesiona tanto?

—No me obsesiona. ¿Cómo iba a hacerlo? No tiene personalidad. Es como un clon. Mira a Conrad como si fuese un dios. —Sabía que me estaba juzgando por ser tan cruel pero no podía parar de hablar.

Me miró como si quisiera decir algo pero no lo hizo. En su lugar, volvió a poner la película. Hacia el final, oí la voz de Conrad en la escalera y, sin pensar, me acurruqué más cerca de Cam. Descansé la cabeza en su hombro.

Conrad y Nicole bajaron y Conrad nos observó un segundo antes de comentar:

—Dile a mi madre que he llevado a Nicole a casa.

Ni siquiera levanté la vista.

—Vale.

Tan pronto hubieron salido, Cam se irguió y yo también.

—¿Me has invitado para ponerlo celoso?

—¿A quién? —repuse.

—Ya sabes a quién. A Conrad.

Noté cómo me sonrojaba desde el pecho hasta las mejillas.

—No. —Parecía que a todo el mundo le interesaba saber cómo estaban las cosas entre Conrad y yo.

—¿Te sigue gustando?

—No.

Dejó escapar un suspiro.

—¿Ves?, has dudado.

—¡Que no!

¿Lo había hecho? ¿Había vacilado? No estaba segura de que no lo hubiese hecho. Le dije a Cam:

—Cuando miro a Conrad, lo único que siento es asco.

Se notaba que no me creía. Yo tampoco lo hacía. Porque la verdad era que cuando miraba a Conrad lo único que sentía era un anhelo que nunca desaparecía. El mismo de siempre. Ahí estaba yo con un chico genial al que le gustaba de verdad, y en el fondo, seguía colgada de Conrad. Ésa era la verdad. Nunca lo había superado. Era como Rose en esa estúpida balsa improvisada.

Cam carraspeó y dijo:

—Te vas a marchar pronto. ¿Quieres mantener el contacto?

No lo había pensado. Tenía razón, el verano estaba a punto de acabar. Pronto volvería a estar en casa.

—Mmm... ¿y tú?

—Bueno, sí. Yo sí quiero.

Me miró como si estuviese esperando algo y durante unos segundos no supe resolver el qué. Entonces respondí:

—Yo también quiero.

Pero fue demasiado tarde. Cam sacó su móvil del bolsillo y dijo que tenía que marcharse. No se lo discutí.

Capítulo cuarenta

Por fin celebramos nuestra noche de cine. Mi madre, Susannah, Jeremiah y yo vimos la película favorita de Hitchcock de Susannah en la sala de juegos con todas las luces apagadas. Mi madre preparó palomitas de maíz endulzadas en la olla grande de hierro fundido y salió a comprar Milk Duds, ositos de gominola y caramelos masticables de agua salada. A Susannah le encantaban. Era una escena clásica, como en los viejos tiempos, sólo que sin Steven ni Conrad, que estaba trabajando en el turno de cenas.

En medio de *Encadenados*, su favorita, Susannah se durmió. Mi madre la tapó con una manta y, cuando acabó la película, susurró:

—Jeremiah, ¿la puedes subir a su habitación?

Jeremiah asintió en seguida, y Susannah ni siquiera despertó cuando la levantó en brazos y la llevó escaleras arriba. La alzó como si no pesara nada, como si fuese una pluma. Nunca le había visto hacerlo. A pesar de que teníamos casi la misma edad, en ese momento me pareció prácticamente un adulto.

Mi madre también se puso de pie, estirándose.

—Estoy agotada. ¿Vienes a dormir, Belly?

—Aún no. Creo que me quedaré a recoger un poco —respondí.

—Buena chica —comentó, guiñándome un ojo, y después se marchó arriba.

Empecé a recoger los envoltorios de caramelo y las palomitas que habían caído en la alfombra.

Jeremiah bajó cuando estaba metiendo la película en su funda y se recostó en el sofá.

—No vayamos a dormir todavía —dijo, levantando la vista hacia mí.

—Vale. ¿Quieres ver otra peli?

—No. Mejor la tele. —Tomó el mando y se dedicó a cambiar de canal al azar—. ¿Dónde se ha metido Cam Cameron últimamente?

Solté un pequeño suspiro mientras me volvía sentar.

—No lo sé. No me ha llamado y yo tampoco a él. El verano casi ha terminado. Probablemente no le volveré a ver.

No me miró al decir:

—Pero ¿quieres hacerlo? ¿Volver a verlo?

—No lo sé... No estoy segura. Tal vez sí. Tal vez no.

Jeremiah puso la tele en silencio y se volvió para mirarme:

—No creo que esté hecho para ti.

Tenía los ojos tristes. Creo que nunca le había visto tan sombrío.

Respondí a la ligera:

—Sí, yo también lo dudo.

—Belly... —empezó. Respiró hondo y se le hincharon

las mejillas, después soltó el aire con tanta fuerza que se le agitó el pelo de la frente. Sentí como el corazón me latía a lo loco; iba a pasar algo. Estaba a punto de decir algo que yo no quería oír. Iba a cambiarlo todo.

Abrí la boca para hablar, para interrumpirlo antes de que dijera algo que no pudiese retirar, pero sacudió la cabeza.

—Deja que me lo saque de dentro.

Volvió a respirar hondo.

—Siempre has sido mi mejor amiga. Pero ahora es más que eso. Te veo como algo más —continuó, acercándose a mí—. Eres mejor que cualquier chica que conozca, y estás siempre ahí para mí. Siempre has estado a mi lado. Yo... puedo contar contigo. Y tú también puedes. Ya lo sabes.

Asentí. Le oía hablar, veía cómo movía los labios, pero mi mente funcionaba a un millón de kilómetros por minuto. Era Jeremiah. Mi colega, mi mejor amigo. Prácticamente mi hermano. La magnitud de todo eso me impedía respirar. Apenas podía mirarle. Porque no le veía de esa manera. Sólo había una persona para mí y ése era Conrad.

—Y sé que siempre te ha gustado Conrad, pero ya lo has superado ¿verdad?

Tenía los ojos tan llenos de esperanza, me mataba, me mataba no responderle como él deseaba.

—No... No lo sé.

Contuvo el aliento, como hacía cuando estaba frustrado.

—Pero ¿por qué? Él no te ve de esa manera y yo sí.

Sentí cómo se me empezaban a humedecer los ojos pero no era justo. No podía llorar. Él tenía razón. Conrad no me miraba como Jeremiah. Ojalá pudiese ver a Jeremiah del mismo modo que él a mí.

—Lo sé. Ojalá no me gustase. Pero me gusta. Me sigue gustando.

Jeremiah se apartó de mi lado. No me miraba; sus ojos estaban en todas partes menos en mí.

—Acabará por hacerte daño —dijo con voz quebrada.

—Lo siento tanto... Por favor, no te enfades conmigo. No podría soportarlo.

Soltó un suspiro.

—No estoy enojado. Es sólo que, ¿por qué tiene que ser siempre Conrad?

Entonces se levantó y me dejó allí sentada.

Capítulo cuarenta y uno
12 años

El señor Fisher se había llevado a los chicos a una de sus escapadas nocturnas de pesca en aguas profundas. Jeremiah no pudo ir; había estado enfermo durante el día y Susannah le obligó a quedarse. Los dos pasamos la noche en el viejo sofá de cuadros del sótano comiendo patatas y viendo películas.

Entre *Terminator* y *Terminator 2*, Jeremiah comentó con amargura:

—Prefiere a Conrad, ¿lo sabías? —Me había levantado para cambiar de DVD, me di la vuelta y respondí:

—¿Eh?

—Es cierto. Tampoco me importa. Es un imbécil —dijo Jeremiah, tirando de un hilo suelto de la manta que tenía en el regazo.

A mí también me parecía un idiota pero no dije nada. Se supone que no debes meterte cuando alguien critica a su padre. Puse el DVD y volví a sentarme. Tomando una esquina de la manta, dije:

—Tampoco es tan malo.

Jeremiah me echó una mirada.

—Lo es y lo sabes. Con se cree que es un dios a algo así. Y tu hermano también.

—Es que tu padre es tan distinto al nuestro —respondí a la defensiva—. Vuestro padre os lleva a pescar y juega a fútbol con vosotros. Nuestro padre no hace esas cosas. Prefiere el ajedrez.

Se encogió de hombros.

—A mí me gusta el ajedrez.

Eso no lo sabía de él. A mí también me encantaba. Mi padre me había enseñado a jugar cuando tenía siete años. Y se me daba bien. Nunca me había apuntado al club de ajedrez aunque me hubiese gustado. El club de ajedrez era para los comemocos. Así los llamaba Taylor.

—Y a Conrad también le gusta el ajedrez —continuó Jeremiah—. Pero se esfuerza por ser lo que mi padre desea. Y el caso es que no creo que le guste el fútbol, no como a mí. Sólo se le da bien, como todo.

No podía responder a eso. Conrad era bueno en todo. Agarré un puñado de patatas y me las embutí en la boca para no tener que decir nada.

—Algún día seré mejor que él —dijo Jeremiah.

No lo veía posible. Conrad era demasiado bueno.

—Sé que te gusta Conrad —soltó Jeremiah de repente.

Me tragué las patatas. En ese momento me supieron a pies.

—No es verdad —repuse—. No me gusta Conrad.

—Claro que sí —contestó, y sus ojos parecían tan sabios y sensatos—. Di la verdad. Sin secretos, ¿recuerdas? —Sin secretos era algo que Jeremiah y yo habíamos estado diciendo desde siempre. Era una tradición, igual que el hecho de que Jeremiah se bebiera la leche endulzada por mis cereales. Una de esas cosas que nos decíamos cuando estábamos los dos solos.

—De verdad que no me gusta —insistí—. Como amigo sí, pero no le veo de esa manera.

No soportaba que me siguiera mirando con esos ojos ni un momento más. Acalorada, repuse:

—Sólo lo piensas porque estás celoso de todo lo que hace Conrad.

—No estoy celoso. Sólo desearía ser tan bueno como él —dijo suavemente. Entonces eructó y volvió a poner la película.

La cuestión era que Jeremiah tenía razón. Le quería. Y también sabía el momento exacto en el que se convirtió en algo real. Conrad se levantó temprano para preparar un desayuno tardío especial del Día del Padre, sólo que el señor Fisher no había podido venir la noche anterior. No estaba allí a la mañana siguiente como debía. Conrad se puso a cocinar de todos modos, y tenía trece años y era un cocinero terrible, pero nos lo comimos todo. Observando cómo servía esos huevos terribles fingiendo no estar triste, pensé para mí: «Voy a amar a este chico para siempre».

Capítulo cuarenta y dos

Hacía poco que había empezado a salir a correr por la playa. Lo sabía porque le había visto desde mi ventana dos mañanas seguidas. Llevaba pantalones cortos de gimnasia y una camiseta; tenía un círculo de sudor en la espalda. Se había marchado una hora antes, le había visto salir, y ahora volvía corriendo a la casa.

Salí al porche sin nada planeado. Lo único que sabía era que el verano estaba a punto de acabar. Pronto iba a ser demasiado tarde. Nos marcharíamos y nunca se lo habría dicho. Jeremiah había puesto las cartas sobre la mesa. Ahora era mi turno. No podía pasar otro año sin habérselo contado. Había temido tanto los cambios, con miedo de que algo volcase nuestro pequeño velero veraniego; pero Jeremiah ya lo había hecho, y habíamos sobrevivido. Seguíamos siendo Belly y Jeremiah.

Tenía que hacerlo, porque de lo contrario, me mataría. No podía continuar suspirando por alguien que podía o no sentir lo mismo que yo. Tenía que saberlo de una vez. Ahora o nunca.

No me oyó acercarme por la espalda. Estaba agachado aflojándose los cordones de las zapatillas.

—Conrad. —No me escuchó, así que lo repetí otra vez, en voz más alta—. Conrad.

Levantó la vista, sobresaltado. Después se irguió.

—Hola.

Pillarle desprevenido era una buena señal. Tenía un millón de muros. Quizá si empezaba a hablar no tendría tiempo de erigir uno nuevo.

Me mordí los labios y comencé a hablar. Dije las primeras palabras que se me ocurrieron, las que habían estado en mi corazón desde el principio. Dije:

—Te he querido desde los diez años.

Pestañeó.

—Eres el único chico en el que pienso. Toda mi vida has sido tú. Me enseñaste a bailar, viniste a buscarme la vez que nadé demasiado lejos. ¿Te acuerdas de eso? Te quedaste conmigo y me arrastraste hasta la orilla, y todo el tiempo no parabas de repetir «Ya casi estamos». Y yo te creí. Porque eras tú el que lo decía y creía en todo lo que tú decías. Comparados contigo, todos los demás son pavos, incluso Cam. Y sabes cómo detesto el pavo. Lo sabes todo sobre mí, incluso esto, que te quiero de verdad.

Esperé de pie delante de él. Estaba sin aliento. Sentía que mi corazón iba a explotar de lo lleno que estaba. Me recogí el pelo en una cola con la mano y lo sostuve así, esperando que dijese alguna cosa, cualquier cosa.

Tardó un millar de años en responder.

—Pues no deberías. No soy el adecuado. Lo siento.

Y eso fue todo lo que dijo. Solté una gran bocanada de aire y le miré fijamente.

—No te creo —dije—. Yo también te gusto; lo sé. —Había visto cómo me miraba cuando estaba con Cam, lo había visto con mis propios ojos.

—No como a ti te gustaría —respondió. Suspiró con tristeza, como si lo sintiera por mí, y dijo—: Sigues siendo tan niña, Belly.

—¡No soy ninguna niña! Sólo deseas que lo sea para no tener que afrontar nada de esto. Por eso has estado enfadado conmigo todo el verano —contesté en voz cada vez más alta—. Te gusto. Admítelo.

—Estás loca —dijo riendo mientras se alejaba de mí.

Esta vez no. No iba a permitir que se escapara con tanta facilidad. Estaba harta y aburrida de su imitación del James Dean melancólico. Sentía algo por mí. Lo sabía. Iba a obligarle a reconocerlo.

Le agarré de la manga.

—Admítelo. Estabas enfadado cuando empecé a salir con Cam. Querías que siguiese siendo tu pequeña admiradora.

—¿Qué? —Se me quitó de encima—. Sácate la cabeza del culo, Belly. El mundo no gira a tu alrededor.

Las mejillas me ardían de un rojo brillante; sentía el calor bajo mi piel. Como una quemadura solar multiplicada por un millón.

—Sí, exactamente, porque el mundo gira a tu alrededor, ¿verdad?

—No tienes ni idea de qué estás hablando. —Su voz contenía una advertencia, pero no me paré a escuchar. Estaba demasiado enfadada. Por fin estaba diciendo lo que pensaba de verdad y no había vuelta atrás

Seguí plantándole cara. No iba a permitirle que se marchase, esta vez no.

—Te gusta mantenerme en suspenso, ¿no es cierto? Para que continúe persiguiéndote y tú te sientas satisfecho contigo mismo. En cuanto empiezo a superarlo, me vuelves a enganchar. Estás mal de la cabeza. Pero te voy a decir una cosa, Conrad: éste es el final.

Explotó.

—¿De qué estás hablando?

El viento me azotaba la cara mientras me volvía para darle la cara.

—Éste es el final. Ya no me tendrás. Ni como amiga ni como admiradora ni como nada. He terminado contigo.

Retorció la boca formando un mueca.

—¿Qué quieres de mí? Tienes a tu noviete para jugar, ¿recuerdas?

Sacudí la cabeza y me alejé de él.

—Las cosas no son así —dije yo. Lo había entendido todo mal. Él había sido quien me había dado falsas esperanzas toda mi vida. Sabía cómo me sentía y me permitió amarle. Quería que lo hiciese.

Dio un paso hacia mí.

—Ahora te gusto, después Cam... —Hizo una pausa—. Y después Jeremiah, ¿no tengo razón? Quieres quedarte con tu pastel y comértelo, pero también quieres galletas y helado...

—¡Cállate! —grité.

—Eres tú la que juega con los demás, Belly. —Intentaba sonar indiferente, disciplente, pero estaba tenso, cada músculo de su cuerpo tirante como las cuerdas de su estúpida guitarra.

—Te has comportado como un imbécil todo el verano. Sólo piensas en ti. ¡Que tus padres se van a divorciar! ¿Y qué? Los padres se divorcian. ¡No es una excusa para tratar a la gente como una mierda!

Apartó la cabeza con brusquedad.

—Cierra la boca —dijo; le temblaba la mandíbula. Finalmente lo había conseguido. Le había hecho enfadar.

—El otro día, Susannah estuvo llorando por tu culpa. ¡Casi no podía levantarse de la cama! ¿Al menos te importa? ¿Sabes lo egoísta que llegas a ser?

Conrad volvió a dar otro paso hacia mí; estábamos tan cerca que nuestros rostros casi se tocaban, como si pudiese tanto golpearme como besarme. Sentía mi corazón latiendo con fuerza en los oídos. Estaba tan enfadada que casi deseaba que me pegase. Sabía que nunca lo haría, ni en un millón de años. Me agarró de los brazos y me sacudió, y después me soltó igual de inesperadamente. Notaba las lágrimas acumulándose en mis ojos, porque por un segundo, pensé que iba a hacerlo.

Besarme.

Cuando llegó Jeremiah, estaba llorando. Había estado trabajando de socorrista; aún tenía el pelo mojado. Ni siquiera oí cómo aparcaba el coche. Nos echó un vistazo a los dos y supo que algo malo estaba ocurriendo. Casi parecía asustado. Y después furioso. Dijo:

—¿Qué demonios está pasando? ¿Cuál es tu problema, Conrad?

Conrad le miró airado.

—Déjame en paz. No estoy de humor para nada de esto.

Me estremecí. Fue como si me hubiese golpeado de verdad. Incluso peor.

Empezó a retroceder, pero Jeremiah le agarró el brazo.

—Tienes que empezar a afrontarlo, tío. Te estás comportando como un imbécil. Deja de pagar tu rabia con los demás. Deja a Belly en paz.

Me puse a temblar. ¿Era por mi culpa? Todo el verano, el mal humor de Conrad, encerrándose en su habitación, ¿de verdad había sido por culpa mía? ¿No había sido sólo el divorcio de sus padres? ¿Se había enojado tanto al verme con otra persona?

Conrad intentó librarse de él.

—¿Por qué no me dejas tú tranquilo? ¿Qué tal si lo intentamos?

Pero Jeremiah no estaba dispuesto a dejarlo pasar. Dijo:

—Te hemos dejado tranquilo. Te dejamos en paz todo el verano, emborrachándote y enfurruñándote como un niño pequeño. Se supone que eres el grande, ¿no? ¿El hermano mayor? Compórtate como tal, tarado. Sé un hombre de una puñetera vez y afronta tus problemas.

—Apártate de mi vista —gruñó Conrad.

—No. —Jeremiah se acercó un paso más, las caras estaban a centímetros de distancia, igual que las nuestras menos de quince minutos antes.

En un tono que rezumaba peligro, Conrad señaló:

—Te estoy avisando, Jeremiah.

Eran como dos perros enfadados, gruñendo, bufando y formando círculos alrededor del otro. Habían olvidado que yo estaba allí. Sentía que estaba viendo algo que no debía, como si estuviese espiando. Quería taparme los oídos con las manos. Desde que los conocía nunca se habían comportado así entre ellos, ni una sola vez. Comprendí que debía marcharme pero no me sentía capaz. Me quedé allí de pie, en la periferia, con los brazos contra el pecho.

—¡Eres igual que papá, ¿lo sabías?! —gritó Jeremiah.

Fue entonces cuando supe que no tenía nada que ver conmigo. Esto era mucho más grande que cualquier cosa de la que yo pudiese formar parte. Era algo de lo que yo no sabía nada.

Conrad empujó a Jeremiah con violencia y éste le devolvió el empujón. Conrad tropezó y casi se cae; cuando se enderezó, dio un puñetazo a Jeremiah en toda la cara. Creo que grité. Empezaron a forcejear, agarrándose, golpeando, insultándose y respirando con dificultad. Derribaron la jarra grande de té helado de Susannah y se partió por la mitad. El té se derramó por todo el porche. Había sangre en la arena. No sé de quién era.

Siguieron peleando, caminando sobre cristales rotos, a pesar de que Jeremiah estaba a punto de perder sus chanclas. Grité varias veces:

—¡Parad! —Pero no me oían. Los dos se parecían. Nunca me había fijado en lo mucho que se asemejaban pero justo en ese momento parecían hermanos. Siguieron peleando hasta que de repente, en medio de todo, apareció mi madre. Supongo que había salido por la puerta mosquitera. No lo sé, simplemente estaba allí. Los separó con esa increíble fuerza bruta que sólo tienen las madres.

Los mantuvo separados con una mano en el pecho de cada uno.

—Tenéis que parar —dijo, y en lugar de enfadada, sonaba triste. Como si fuese a llorar, y mi madre nunca lloraba.

Respiraban con dificultad, sin mirarse, pero estaban conectados, los tres. Comprendían algo que yo desconocía. Yo sólo estaba de pie en la periferia, testigo de todo. Como la vez que acompañé a Taylor a la iglesia y todos se sabían las letras de las canciones menos yo. Levantaban los brazos y se balanceaban y se sabían cada palabra de memoria, y yo me sentí como una intrusa.

—Lo sabéis, ¿no? —dijo mi madre, con los puños cerrados con fuerza.

Jeremiah aspiró con fuerza y comprendí que se estaba aguantando, intentando no llorar. Se le empezaba a amoratar la cara. La de Conrad, sin embargo, era indiferente, fría. Como si no estuviese allí.

Hasta que su semblante pareció abrirse y de repente volvía a tener ocho años. Miré atrás y allí estaba Susannah, de pie en el umbral. Llevaba una de sus batas de algodón y se la veía tan frágil ahí parada.

—Lo siento —dijo levantando las manos en un gesto de impotencia.

Se acercó a los chicos, vacilante, y mi madre retrocedió. Susannah tendió los brazos y Jeremiah se dejó caer directamente, y a pesar de que era mucho más grande de ella, parecía muy pequeño. La sangre de su rostro manchó el vestido de Susannah, pero no se separaron. Lloró como no le había visto llorar desde que Conrad cerró por accidente la puerta del coche en su mano, años y años atrás. Conrad había llorado tanto como Jeremiah ese día, pero esta vez no lo hizo. Dejó que Susannah le acariciase el pelo pero no lloró.

—Vámonos, Belly —me pidió mi madre, tomándome de la mano. No lo había hecho en mucho tiempo. Como una niña pequeña, la seguí adentro. Subimos arriba, a su habitación. Cerró la puerta y se sentó en la cama. Yo me arrellané a su lado.

—¿Qué está pasando? —le pregunté, titubeante, buscando una respuesta en su semblante.

Me tomó las manos y las acunó en las suyas. Las agarró con fuerza, como si fuese ella la que se estuviese sujetando en mí y no al revés. Dijo:

—Belly, Susannah ha vuelto a enfermar.

Cerré los ojos. Sentía el estruendo del océano a mi alrededor; era como sujetar una caracola muy cerca del oído. No era verdad. No era verdad. Estaba en cualquier parte menos allí, en ese momento. Estaba nadando bajo un dosel de estrellas; estaba en el instituto, sentada en clase de matemáticas; en mi bicicleta, en el sendero de detrás de casa. No estaba allí. Esto no estaba pasando.

—Oh, ratita —susurró mi madre—. Tienes que abrir los ojos. Tienes que escucharme.

No los iba a abrir; no iba a escuchar. No estaba allí.

—Está enferma. Lo ha estado durante mucho tiempo. El cáncer ha vuelto. Y es..., es agresivo. Se ha extendido hasta el hígado.

Abrí los ojos y aparté las manos.

—Deja de hablar. No está enferma. Está bien. Sigue siendo Susannah. —Tenía la cara húmeda y no sabía ni cuándo había empezado a llorar.

Mi madre asintió, se humedeció los labios.

—Tienes razón. Sigue siendo Susannah. Hace las cosas a su manera. No quería que los supierais. Quería que este verano fuese... perfecto. —Le falló la voz en la palabra «perfecto». Como una carrera en una media, se enganchó, y también tenía lágrimas en los ojos.

Tiró de mí, me abrazó contra el pecho y me meció. Y yo se lo permití.

—Pero ellos lo sabían —sollocé—. Todos lo sabían menos yo. Yo soy la única que no lo sabía y quiero a Susannah más que nadie.

No era cierto, y lo sabía. Jeremiah y Conrad la amaban más que nadie. Pero lo sentía de verdad. Quería contarle a mi madre que tampoco importaba, Susannah había tenido cáncer la última vez y se había curado. Volvería a estar bien. Pero si lo decía en voz alta, sería como admitir que tenía cáncer de verdad, como admitir que esto estaba ocurriendo. Y sencillamente no podía.

Esa noche me tumbé en la cama y lloré. Me dolía todo el cuerpo. Abrí todas las ventanas de mi habitación y me tendí a oscuras, escuchando el océano. Deseé que me arrastrase la marea y que no me devolviera nunca. Me pregunté si era así como se sentía Conrad, como se sentía Jeremiah. Como se sentía mi madre.

Era como si el mundo fuese a acabarse y nunca nada volvería a ser lo mismo. Estaba acabando y ya nunca nada sería igual que antes.

Capítulo cuarenta y tres

Cuando éramos niños y la casa estaba llena de gente como mi padre y el señor Fisher y otros amigos, Jeremiah y yo compartíamos cama y Conrad y Steven también. Mi madre subía a arroparnos. Los muchachos fingían ser demasiado mayores para ello, pero sabía que les gustaba tanto como a mí. Era la sensación de estar envueltos y abrigados como un bocadillo caliente. Yacía en la cama y escuchaba la música que llegaba por la escalera desde abajo, y Jeremiah y yo nos susurrábamos historias de miedo hasta que nos dormíamos. Él siempre se dormía primero. Yo intentaba pellizcarlo para que despertase, pero nunca funcionaba. La última vez que ocurrió probablemente fuese también la última ocasión en la que me sentí verdaderamente segura en este mundo. Todo estaba bien.

La noche de la pelea de los muchachos, llamé a la puerta de Jeremiah.

—Adelante —respondió.

Estaba tendido en la cama mirando al techo con las manos detrás de la cabeza. Tenía las mejillas húmedas y los ojos rojos y llorosos. Su ojo derecho era de un color entre gris y morado y ya había empezado a hincharse. En cuanto me vio, se secó los ojos con el dorso de la mano.

—Hola —dije—. ¿Puedo pasar?

Se incorporó.

—Sí, vale.

Me aproximé y me senté en el borde de la cama con la espalda apoyada en la pared.

—Lo siento —empecé; había estado practicando lo que iba a decir y cómo iba a decirlo, para que comprendiera cuánto lo sentía. Por todo. Pero entonces me puse a llorar y lo eché todo a perder.

Alargó el brazo y me masajeó el hombro torpemente. No era capaz de mirarme, lo que en cierto modo lo hacía todo más fácil.

—No es justo —continué y empecé a sollozar.

Jeremiah dijo:

—Lo he estado pensando todo el verano, como es probable que sea el último. Éste es su lugar favorito, ya lo sabes. Quería que fuese perfecto para ella, pero Conrad lo ha echado todo a perder. Se ha marchado. Mi madre está preocupadísima, y eso es lo último que necesita, tener que preocuparse por Conrad. Es la persona más egoísta que conozco, aparte de papá.

«Él también sufre», pensé, pero no lo dije en voz alta porque no iba a ayudar en nada. Así que simplemente dije:

—Ojalá lo hubiese sabido. Si hubiese prestado atención, habría sido diferente.

Jeremiah negó con la cabeza.

—No quería que lo supieras. No quería que ninguno de nosotros se enterase. Quería que fuese a su manera, así que fingimos. Por ella. Ojalá te lo hubiese podido explicar, quizá habría sido más sencillo. —Se secó los ojos con el cuello de la camiseta, y se veía tan claramente que se esforzaba por mantener la calma, por ser el fuerte.

Me acerqué para abrazarlo, y entonces se estremeció, y algo pareció romperse en su interior. Empezó a llorar, a llorar de verdad pero en silencio. Lloramos juntos, con los hombros temblando, estremeciéndose bajo el peso de todo. Cuando paramos, me soltó y se sonó la nariz.

—Aparta un poco —dije yo.

Se acercó más a la pared y yo estiré las piernas a su lado.

—Voy a dormir aquí —señalé y no era una pregunta.

Jeremiah asintió y nos dormimos con la ropa puesta, encima de la colcha. Aunque éramos mayores, la sensación era la misma. Dormimos cara a cara, como antes.

A la mañana siguiente desperté temprano aferrada a un lado de la cama. Jeremiah estaba despatarrado y roncaba. Lo tapé con mi parte de la colcha, para que estuviese arropado como en un saco de dormir. Después salí. Regresé a mi habitación y ya tenía la mano en el pomo de la puerta cuando oí la voz de Conrad.

—Buenos días —dijo. Comprendí al momento que me había visto salir del cuarto de Jeremiah.

Me volví lentamente. Y allí estaba él. De pie con la ropa de la noche anterior, igual que yo. Se le veía descuidado y se tambaleaba un poco. Parecía que estuviese a punto de vomitar.

—¿Estás borracho?

Se encogió de hombros como si no le importara, pero tenía la espalda rígida y tensa. Comentó con sarcasmo:

—¿No se supone que tienes que ser amable conmigo? ¿Como lo fuiste anoche con Jeremiah?

Abrí la boca para defenderme, para explicar que no había pasado nada, que lo único que habíamos hecho era llorar hasta quedarnos dormidos. Pero decidí no hacerlo. Conrad no merecía saber nada.

—Eres la persona más egoísta que he conocido en mi vida —dije lenta y deliberadamente. Dejé que cada palabra perforara el aire. Nunca había deseado herir a nadie de esa manera—. No puedo creer que en algún momento pensase que te amaba.

Se puso blanco. Abrió la boca y la cerró. Y después lo volvió a hacer. Nunca le había visto quedarse sin palabras.

Regresé a mi habitación. Era la primera vez que tenía la última palabra con Conrad. Lo había conseguido. Por fin lo había superado. Sabía a libertad, pero una libertad obtenida a un precio terrible y sangriento. No me hizo sentir bien. ¿Tenía derecho a decirle esas cosas con lo mucho que estaba sufriendo? ¿Tenía algún derecho para con él? Lo estaba pasando mal, y yo también.

Cuando volví a la cama, me tumbé bajo la colcha y lloré un poco más, y yo que pensaba que ya no me quedaban lágrimas. Todo estaba mal.

¿Cómo podía haberme pasado el verano preocupada por los chicos, nadando y poniéndome morena, mientras Susannah estaba enferma? ¿Cómo era posible? La idea de una vida sin Susannah era inverosímil. Inconcebible; ni siquiera podía contemplarla. No me podía imaginar cómo sería para Jeremiah y Conrad. Era su madre.

Esa mañana no salí de la cama. Dormí hasta las once y después simplemente permanecí allí. Tenía miedo de bajar y enfrentarme a Susannah y que viera que yo lo sabía.

A mediodía mi madre entró como un huracán en la habitación sin ni siquiera llamar.

—¡Es hora de levantarse! —dijo, inspeccionando el desorden. Recogió unos shorts y una camiseta y los dobló contra su pecho.

—Aún no estoy lista para salir de la cama —le respondí dándome la vuelta. Estaba enfadada con ella, como si me hubiese engañado. Tendría que haberme avisado. En toda mi vida, nunca había visto a mi madre mentir. Pero lo había hecho. Todas esas veces cuando en teoría iban de compras, o al museo, de excursión; no habían estado en ninguno de esos sitios. Habían estado en hospitales, con los médicos. Ahora lo comprendía. Sólo deseaba haberlo intuido antes.

Mi madre fue hasta la cama y se sentó a mi lado. Me rascó la espalda y la sensación de sus uñas contra mi piel me resultó agradable.

—Tienes que salir de la cama, Belly —dijo con suavidad—. Aún estás viva y Susannah también. Tienes que ser fuerte por ella. Te necesita.

Sus palabras tenían sentido. Si Susannah me necesitaba, entonces había algo que yo podía hacer.

—Eso puedo hacerlo —respondí, volviéndome para mirarla—. Es sólo que no entiendo cómo puede dejarla el señor Fisher cuando le necesita más que a nadie.

Apartó la vista, primero hacia la ventana, y después otra vez hacia mí.

—Así es como lo quiere Beck. Y Adam es como es. —Me acunó las mejillas entre las manos—. No depende de nosotras.

Susannah estaba en la cocina preparando magdalenas de arándanos. Estaba apoyada en el mostrador, batiendo la masa en un gran cuenco de metal. Llevaba puesta otra de sus batas de algodón y caí en la cuenta de que las había estado llevando todo el verano porque eran holgadas. Escondían cuán delgados tenía los brazos, cómo le sobresalía la clavícula.

Todavía no me había visto y sentí la tentación de huir antes de que advirtiese mi presencia. Pero no lo hice. No podía.

—Buenos días, Susannah —dije, y mi voz sonaba aguda y falsa, distinta de la mía.

Levantó la vista y sonrió.

—Es más de mediodía. Creo que ya no cuenta como mañana.

—Buenas tardes, pues. —Me entretuve en el umbral.

—¿Tú también estás enfadada conmigo? —me preguntó a la ligera. Aunque se notaba que sus ojos traicionaban su inquietud.

—No puedo enfadarme contigo —contesté, poniéndome detrás de ella y rodeándole con los brazos. Escondí la cabeza en el espacio entre el cuello y el hombro. Olía a flores.

Respondió, todavía en un tono ligero:

—Cuidarás de él, ¿verdad que sí?

—¿De quién?

Sentí cómo sus mejillas formaban una sonrisa.

—Ya sabes quién.

—Sí —susurré, abrazándola con fuerza.

—Bien —suspiró—. Te necesita.

No pregunté quién era «él». No hacía falta.

—¿Susannah?

—¿Sí?

—Prométeme una cosa.

—Lo que quieras.

—Promete que nunca nos dejarás.

—Lo prometo —repuso sin vacilación.

Dejé escapar un soplido y la solté:

—¿Puedo ayudar con las magdalenas?

—Sí, por favor.

La ayudé a preparar la cobertura de azúcar moreno, mantequilla y avena. Sacamos las magdalenas del horno demasiado temprano porque no podíamos soportar más la espera, y nos las comimos mientras aún estaban calientes y pringosas por dentro. Me comí tres. Sentada a su lado, observando cómo ponía mantequilla en su magdalena, parecía que iba a estar ahí para siempre.

No sé cómo, empezamos a hablar de bailes de instituto. A Susannah le encantaba hablar de cosas de chicas; decía que yo era la única persona con la que podía charlar de ese tipo de cosas. Con mi madre estaba claro que no, y tampoco con Conrad y Jeremiah. Sólo conmigo, su hija de mentirijilla. Comentó:

—No te olvides de enviarme las fotos de tu primer baile.

No había asistido a ninguno de los bailes de bienvenida

o de graduación de mi instituto. Nadie me había invitado y tampoco me había apetecido. La única persona con la que quería ir no estaba en mi escuela. Le respondí:

—Lo haré. Me pondré el vestido que me compraste el verano pasado.

—¿Cuál?

—El del centro comercial, el morado por el que discutisteis mi madre y tú. ¿Te acuerdas de que lo pusiste en mi maleta?

Frunció el entrecejo, confundida.

—No compré ese vestido. A Laurel le habría dado un ataque—. Entonces se le aclaró el rostro y sonrió—. Tu madre debió de volver para comprártelo.

—¿Mi madre? No lo haría nunca.

—Así es tu madre. Es justo su estilo.

—Pero nunca dijo... —Se me fue apagando la voz. Ni siquiera había considerado la posibilidad de que me lo hubiese comprado mi madre—. No lo haría. Ella no es así.

Susannah extendió el brazo a través de la mesa y me tomó de la mano.

—Eres la chica más afortunada del mundo por tenerla como madre. Recuérdalo.

El cielo estaba gris y el aire era fresco. Pronto iba a llover. Había tanta bruma que tardé un minuto en localizarlo. Al fin lo hice, estaba a medio kilómetro de distancia. Siempre acabábamos en la playa. Estaba sentado con las rodillas cerca del pecho. Ni me miró cuando me senté a su lado. Sólo continuó mirando fijamente al océano.

Sus ojos eran abismos vacíos y lóbregos, como fosas. Allí no había nada. El chico al que creía conocer tan bien había desaparecido. Parecía tan perdido ahí sentado. Sentí esa sacudida tan familiar, la fuerza gravitacional, ese anhelo de alojarme en él. A dondequiera que fuese en el mundo, sabría dónde encontrarle y lo haría. Le encontraría y lo devolvería a casa. Cuidaría de él, como quería Susannah.

Hablé yo primero.

—Lo siento. Lo siento tanto, tanto... Ojalá lo hubiese sabido.

—No digas nada, por favor —dijo él.

—Lo siento —musité y me empecé a levantar. Siempre decía lo que no debía.

—No te vayas —murmuró Conrad, y se le derrumbaron los hombros. También el semblante. Lo escondió entre las manos y volvió a tener cinco años, los dos volvíamos a tenerlos—. Estoy tan cabreado con ella —continuó; cada palabra salía de él como una ráfaga de aire a presión. Dejó caer la cabeza, la espalda curvada y rota. Por fin lloraba.

Lo observé en silencio. Sentía que me estaba entrometiendo en un momento íntimo, uno que no me habría permitido ver si no estuviese acongojado. Al viejo Conrad le gustaba tener el control.

La antigua atracción, la marea tirando de mí. Seguía quedándome atrapada en esa corriente, me refiero a la del primer amor. Ese primer amor que me obligaba a volver a esto, a él. Seguía dejándome sin aliento sólo con estar a su lado. Me había estado engañando la noche anterior, pensando que era libre, creyendo que le había dejado marchar. No importaba lo que dijera o lo que hiciese, nunca le dejaría.

Me pregunté si sería posible borrar el dolor de alguien con un beso. Porque eso era justo lo que quería hacer, arrancar toda su tristeza y llevármela, consolarle, conseguir que regresase el chico que yo conocía. Extendí la mano y le toque la nuca. Dio un salto, un movimiento mínimo, pero no aparté la mano. La dejé descansar ahí, acariciándole la parte de atrás del cuello, lo conduje hacia mí y lo besé. Tentativamente al principio, y después me devolvió el beso y nos estábamos besando. Sus labios eran cálidos y hambrientos. Me necesitaba. Mi mente desapareció en una luz blanca y cegadora y el único pensamiento que conservaba era: «Estoy besando a Conrad Fisher y él me está devolviendo el beso». Susannah estaba muriendo y yo estaba besando a Conrad.

Él fue el primero en apartarse.

—Lo siento —dijo con voz áspera.

Me toqué los labios con los dedos.

—¿Por qué? —Me estaba costando mucho recuperar el aliento.

—No debería ocurrir de esta forma. —Se detuvo un momento y volvió a empezar—. Pienso en ti. Ya lo sabes. Es sólo que no puedo... Puedes... ¿Puedes quedarte aquí conmigo?

Asentí. Tenía miedo de abrir la boca.

Le tomé de la mano y apreté con fuerza y me pareció lo más correcto que había hecho en mucho tiempo. Permanecimos allí sentados en la arena, de la mano, como si fuese algo que habíamos hecho toda la vida. Empezó a llover, primero una lluvia suave. Las primeras gotas golpearon la arena y los granos se convirtieron en cuentas que desaparecieron rodando.

Se puso a llover con fuerza y quise levantarme y volver a la casa, pero se notaba que Conrad no quería. Así que me quedé sentada con él, dándole la mano y sin decir nada. Todo lo demás parecía algo lejano; sólo estábamos nosotros.

Capítulo cuarenta y cuatro

Hacia el final del verano las cosas se ralentizaron y todo parecía listo para terminar. Era como en los días de nieve. Una vez hubo una gran tormenta de nieve y no fuimos a la escuela durante dos semanas enteras. Al poco tiempo, lo único que uno deseaba era salir de casa, aunque implicase ir al colegio. Estar en la casa de verano era algo similar. Incluso el paraíso puede resultar agobiante. Sólo en contadas ocasiones uno puede sentarse en playa ganduleando sin que le entren ganas de partir. Siempre me sentía así una semana antes de irnos, todos los años. Y luego claro, cuando llegaba la hora, nunca estaba lista para marcharme. Quería quedarme para siempre. Era un círculo vicioso, un contrasentido. Porque en cuanto estábamos en el coche, alejándonos, lo único que anhelaba era bajarme y volver corriendo a la casa.

Cam me llamó dos veces. No contesté ninguna de las dos. Dejé que saltara el buzón de voz. La primera vez que llamó, no dejó mensaje. La segunda vez, dijo:

—Hola, soy Cam... Me gustaría verte antes de que nos

vayamos. Pero si no, bueno, estuvo bien salir contigo. Así que, mmm, sí. Llámame, si quieres.

No sabía qué decirle. Quería a Conrad y probablemente siempre sería así. Me pasaría la vida entera amándolo, de una forma u otra. Puede que me acabara casando, que tuviese una familia, pero no importaría, porque una parte de mi corazón, la parte donde residía el verano, siempre pertenecería a Conrad. ¿Cómo se lo iba a explicar a Cam? ¿Cómo hacerle entender que también había un trozo guardado para él? Fue el primer chico en decirme que era bonita. Eso tenía que contar para algo. Pero no había forma de que le pudiese explicar todo eso. Así que hice lo único que se me ocurrió. Dejé las cosas como estaban. No le devolví la llamada.

Con Jeremiah fue más sencillo. Y con eso quiero decir que fue más fácil para mí. Jeremiah me sacó del apuro. Fingió que no había ocurrido nada, como si no hubiésemos dicho todas esas cosas en la sala de juegos. Siguió contando chistes y llamándome Belly Button y siendo el mismo Jeremiah de siempre.

Finalmente comprendí a Conrad. Me refiero a que entendí a qué se refería cuando dijo que no podía lidiar con nada de esto; conmigo. Yo tampoco podía. Lo único que deseaba era pasar cada segundo de mi tiempo en la casa, con Susannah. Empaparme de la última gota de verano y fingir que había sido como todos los veranos anteriores. Eso era lo único que quería.

Capítulo cuarenta y cinco

Detestaba el último día antes de marcharnos porque era el de la limpieza, y cuando éramos niños, no nos permitían ir a la playa por si traíamos más arena a la casa. Lavábamos todas las sábanas y barríamos la arena, nos asegurábamos de que las tablas y los flotadores estuviesen en el sótano, vaciábamos la nevera y preparábamos bocadillos para el viaje de vuelta. Mi madre estaba a cargo de ese día. Era ella la que insistía en que debía ser así. «Para que todo esté listo para el próximo verano», decía. Lo que no sabía era que Susannah hacía venir a un equipo de limpieza después de nuestra marcha y justo antes de nuestra vuelta.

Una vez pillé a Susannah llamándolos para pedir cita. Tapó el teléfono con la mano y susurró con aire culpable:

—No se lo digas a tu madre, ¿de acuerdo, Belly?

Asentí. Era como un secreto entre las dos, y eso me gustaba. De hecho, a mi madre le agradaba limpiar y no creía en contratar a empleados de la limpieza o a otras personas que hiciesen el trabajo que consideraba que nos correspondía a nosotros. Siempre decía:

—¿Le pedirías a otra persona que te cepillara los dientes o que te atase los cordones sólo porque pudieses? —La respuesta era no.

—No te preocupes mucho por la arena —murmuraba Susannah cuando me veía repasar el suelo de la cocina con la escoba por tercera vez. Seguía barriendo igualmente. Sabía lo que diría mi madre si notaba arena en los pies.

Esa noche comíamos todo lo que quedaba en la nevera. Era la tradición. Mi madre horneó dos pizzas, recalentó tallarines y arroz frito y preparó una ensalada con un apio desvaído y tomates. También había sopa de almejas y unas cuantas costillas, además de la ensaladilla de patata que Susannah había preparado hacía más de una semana. Era un bufet de alimentos viejos que nadie quería comer.

Aunque lo hicimos. Nos sentamos en torno a la mesa de la cocina picoteando de entre varios platos recubiertos de papel de plata. Conrad no paraba de mirarme de reojo y cada vez que le devolvía la mirada, apartaba la vista. «Estoy justo aquí —quería decirle—. Sigo aquí.»

Todos estuvimos muy callados hasta que Jeremiah rompió el silencio:

—Esta ensaladilla de patata sabe a mal aliento.

—Creo que eso es tu labio superior —contestó Conrad.

Todos reímos y fue un alivio. Que pudiésemos reír. Sentir algo que no fuese tristeza.

Entonces Conrad dijo:

—Esta costilla está mohosa —y volvimos a reír una vez más. Fue como si no lo hubiésemos hecho en mucho tiempo.

Mi madre puso los ojos en blanco.

—¿Te matará comer un poco de moho? Ráspalo y ya está. Dámela. Me la comeré yo.

Conrad alzó las manos en señal de derrota y a continuación clavó el tenedor en la costilla y la soltó ceremoniosamente en el plato de mi madre.

—Que la disfrutes, Laurel.

—De verdad que malcrías a estos niños, Beck —prosiguió mi madre, y las cosas parecieron normales, como en una noche cualquiera—. Belly creció a base de sobras, ¿no es verdad, ratita?

—Así es —convine—. Fui una niña desatendida a la que sólo alimentaban con comida rancia que nadie más quería.

Mi madre reprimió una sonrisa y me pasó la ensaladilla de patata.

—Sí que los consiento —dijo Susannah, tocando el hombro de Conrad y la mejilla de Jeremiah—. Son ángeles, ¿por qué no debería hacerlo?

Los dos muchachos se miraron a través de la mesa durante un segundo. Entonces Conrad comentó:

—Yo soy un ángel. Diría que Jere es más bien un querubín. —Extendió el brazo y le alborotó con fuerza el pelo a Jeremiah.

Jeremiah le apartó la mano.

—No es ningún ángel. Es el demonio —respondió. Era como si la pelea no hubiese ocurrido. Con los chicos era así; peleaban y después ya estaba.

Mi madre tomó la costilla de Conrad, la repasó de arriba abajo y la volvió a dejar.

—Esto no me lo puedo comer —dijo con un suspiro.

—El moho no te matará —manifestó Susannah, riendo y apartándose el pelo de los ojos. Levantó el tenedor en el aire—. ¿Sabes lo que sí te mata?

Todos la miramos con fijeza.

—El cáncer —concluyó triunfante. Tenía la mejor cara de póquer de la historia. Se mantuvo impávida durante cuatro segundos antes de estallar en un ataque de risa. Pasó la mano por el pelo de Conrad hasta que al final sonrió. Me daba cuenta de que en realidad no quería pero lo hizo. Por ella.

»Escuchad todos —dijo—. Esto es lo que pasa. Estoy visitando a un acupunturista, estoy tomando medicación, sigo luchando con todas mis fuerzas. Mi médico dice que llegados a este punto es todo lo que puedo hacer. Me niego a seguir envenenando mi cuerpo o a pasar más tiempo en hospitales. Aquí es donde quiero estar. Con las personas que más me importan. ¿Lo habéis entendido? —Nos miró a todos.

—Bien—. Lo dijimos todos, a pesar que no estaba bien en ningún sentido, forma o manera. Ni nunca lo estaría.

Susannah prosiguió:

—Sí y cuando me marche bailando al más allá, no quiero tener el aspecto de haberme pasado toda la vida encerrada en una habitación de hospital. Al menos quiero estar morena. Tanto como Belly. —Me señaló con el tenedor.

—Beck, si quieres estar tan bronceada como Belly, necesitarás más tiempo. Esto no es algo que se pueda obtener en un único verano. Mi niña no nació morena; han sido años. Y tú aún no estás lista —repuso mi madre. Lo dijo con sencillez, de manera lógica.

Susannah no estaba preparada. Ninguno de nosotros lo estaba.

Después de cenar, nos separamos para preparar las maletas. La casa estaba tranquila, demasiado tranquila. Me quedé en mi habitación, guardando ropa, zapatos, mis libros. Hasta que llegó el momento de meter el bañador. Aún no estaba lista para eso. Quería un último chapuzón.

Me puse el bañador y escribí dos notas, una para Jeremiah y otra para Conrad. En las dos, escribí: «Baño a medianoche. Nos vemos en diez minutos». Deslicé una nota bajo cada una de sus puertas y bajé corriendo lo más rápido posible con la toalla ondeando a mis espaldas como una bandera. No podía permitir que el verano acabase así. No podíamos dejar la casa hasta que hubiésemos pasado un buen rato, todos juntos.

La casa estaba a oscuras y conseguí salir sin encender las luces. No me hacía falta. Me la sabía de memoria.

En cuanto estuve fuera, me lancé al agua. No fue tanto un salto como una plancha. La última del verano, o quizá de la historia; al menos en esa casa. La luna estaba blanca y reluciente y, mientras esperaba a los chicos, floté de espaldas contando las estrellas y escuchando el océano. Cuando la marea estaba baja como en aquel instante, susurraba y borboteaba y sonaba como una nana. Deseé poder quedarme para siempre en ese momento. Como una de esas bolas de nieve de plástico, un pequeño instante congelado en el tiempo.

Salieron juntos, los muchachos de Beck. Supuse que se habían encontrado en la escalera. Los dos llevaban el bañador. Se me ocurrió que no había visto a Conrad en bañador en todo el verano, que no habíamos nadado en la piscina desde el primer día. Y con Jeremiah sólo habíamos nadado en el océano una o dos veces. Había sido un verano sin apenas tiempo para nadar, excepto cuando lo hacía sola o con Cam. Ese pensamiento me hizo sentir indescriptiblemente triste, éste podría ser el último verano y casi no habíamos nadado juntos.

—Hola —dije yo, aún flotando de espaldas.

Conrad metió un pie.

—Hace un poco de fresco para nadar, ¿no?

—¡Gallina! —grazné con fuerza—. Salta de una vez y se te pasará todo.

Se miraron el uno al otro. A continuación, Jeremiah tomó carrerilla e hizo la bomba, y Conrad le siguió justo detrás. Los dos salpicaron de lo lindo y yo tragué un montón de agua porque estaba sonriendo, pero no me importó.

Nadamos hasta la parte profunda y nos mantuvimos a flote pataleando. Conard se acercó y me apartó el flequillo de los ojos. Fue un gesto diminuto pero Jeremiah lo vio y se volvió, nadando hasta el borde de la piscina.

Me sentí triste un segundo y entonces, de súbito, de la nada, me vino a la mente. Un recuerdo, impreso en mi corazón como una hoja dentro de un libro. Levanté los brazos y giré en círculos, como una bailarina acuática. Girando, empecé a recitar:

—Maggie y Milly y Molly y May / bajaron a la playa (un día a jugar) / y Maggie descubrió una concha que cantaba / con tanta dulzura que olvidó sus pesares, y /Milly trabó amistad con una estrella perdida / cuyos rayos eran cinco lánguidos deditos...

Jeremiah sonrió de oreja a oreja.

—Y a Molly la persiguió una cosa horrible / que corría de lado soplando burbujas: y / May volvió a casa con una piedra lisa y redonda / tan pequeña como un mundo y tan grande como las olas...

Juntos, también Conrad, dijimos:

—Pues, por cualquier cosa que perdamos (como tú y yo) / siempre es a nosotros mismos a quienes encontramos en el mar. —Y entonces se hizo el silencio entre nosotros, nadie dijo nada.

Era el poema favorito de Susannah; nos lo había enseñado mucho tiempo atrás, durante una de nuestras excursiones guiadas por la naturaleza en las que nos señalaba conchas y medusas. Ese día desfilamos hasta la playa, con los brazos entrelazados, y lo recitamos tan alto que creo que despertamos a los peces. Nos lo sabíamos tan bien como el juramento a la bandera, de memoria.

—Éste podría ser nuestro último verano aquí —solté de repente.

—Para nada —contestó Jeremiah, flotando a mi lado.

—Este otoño Conrad irá a la universidad y tú tienes el campamento de fútbol —le recordé. Aunque el que Conrad fuese a la universidad y Jeremiah al campamento durante dos semanas no tenía nada que ver con que no fuésemos a regresar el verano siguiente. No dije lo que pensábamos todos, que Susannah estaba enferma, que era posible que no mejorase, que ella era el hilo que nos unía.

Conrad negó con la cabeza.

—No importa. Vamos a volver siempre.

Me pregunté brevemente si sólo se refería a él y a Jeremiah, y entonces aclaró:

—Todos nosotros.

Me sumí en el silencio una vez más y entonces se me ocurrió una idea.

—¡Hagamos un remolino! —exclamé dando palmadas.

—Eres tan niña —dijo Conrad, sonriendo y meneando la cabeza. Por primera vez, no me molestó que me llamase niña. Me lo tomé como un cumplido. Floté hasta el centro de la piscina.

—¡Venga, chicos!

Nadaron hasta donde yo estaba y formamos un círculo y empezamos a correr lo más rápido que pudimos.

—¡Más de prisa! —gritó Jeremiah, riendo.

Entonces nos detuvimos, relajamos el cuerpo y nos dejamos llevar por el remolino que acabábamos de provocar. Recliné la cabeza y dejé que me arrastrase la corriente.

Capítulo cuarenta y seis

Cuando llamó, no reconocí su voz, en parte porque no lo esperaba y en parte porque seguía medio dormida. Dijo:

—Estoy en el coche de camino a tu casa. ¿Nos podemos ver?

Eran las doce y media. Boston estaba a cinco horas y media de distancia. Había conducido toda la noche. Quería verme.

Le indiqué que aparcase al final de la calle, me reuniría con él en la esquina después de que mi madre se fuese a la cama. Dijo que me esperaría.

Apagué las luces y esperé junto a la ventana, fijándome en los intermitentes de los coches. En cuanto vi su coche, quise salir corriendo, pero tuve que esperar. Oía a mi madre en su habitación y sabía que iba a leer durante media hora antes de dormirse. Era una tortura, saber que estaba ahí esperándome y no poder ir hasta él.

A oscuras, me pongo la bufanda y el gorro que me tejió la abuela por Navidad. Después cierro la puerta de mi habitación y camino de puntillas por el pasillo que pasa por delante del dormitorio de mi madre, pego el oído contra la puerta. Las luces están apagadas y la escucho roncar con suavidad. Steven aún no está en casa, lo que es una suerte, porque tiene el sueño ligero como nuestro padre.

Mi madre por fin se ha dormido; la casa está tranquila y silenciosa. El árbol de Navidad todavía está montado. Mantenemos las luces encendidas toda la noche porque así parece que aún sea Navidad, como si en cualquier momento Santa Claus fuese a aparecer con más regalos. No me molesto en dejar una nota. La llamaré por la mañana, cuando despierte y se pregunte dónde estoy.

Bajo la escalera con cautela, con especial cuidado de esquivar con el peldaño que cruje, pero en cuanto salgo de casa, vuelo a través del césped escarchado que cruje bajo las suelas de mis zapatillas de deporte. He olvidado ponerme el abrigo. Me he acordado de la bufanda y del gorro, pero no del abrigo.

Su coche está aparcado en la esquina, justo donde debía. Está a oscuras, sin ninguna luz, y abro la puerta del pasajero como si lo hubiese hecho un millón de veces en el pasado. Pero no es así. Nunca he estado en el interior. No le he visto desde agosto.

Meto la cabeza, pero no entro todavía. Quiero mirarle primero. Tengo que hacerlo. Es invierno y lleva un forro polar gris. Tiene las mejillas sonrosadas del frío, su bronceado ha desaparecido, pero sigue siendo el mismo.

—Hola —digo, y entonces entro en el coche.

—No llevas abrigo —responde.

—No hace tanto frío —contesto, aunque sí que lo hace, porque estoy temblando mientras lo digo.

—Toma —me dice, quitándose el polar y ofreciéndomelo.

Me lo pongo. Es cálido y no huele a cigarrillos. Sólo huele a él. Así que al final Conrad ha dejado de fumar. Esa idea me provoca una sonrisa.

Enciende el motor.

Le digo:

—No puedo creer que estés aquí de verdad.

Suena casi tímido cuando contesta:

—Yo tampoco —y entonces titubea—. ¿Aún quieres venir conmigo?

No me creo que tenga que preguntar. Iría a cualquier lugar con él.

—Sí —le respondo. Es como si nada existiese fuera de esta única palabra, de este momento. Sólo nosotros. Todo lo ocurrido este verano y durante todos los veranos anteriores nos ha conducido a esto. A ahora.

AGRADECIMIENTOS

En primer lugar y siempre, gracias a las mujeres Pippin: Emily van Beek, Holly McGhee y Samantha Cosentino. Gracias a mi extraordinaria editora Emily Mehhan, que me apoya como nadie, así como a Courtney Bongiolatti, Lucy Ruth Cummins y a todos en S&S. Muchas gracias a Jenna y a Beverly y a la Calhoun School por su apoyo continuo de mi vida como escritora. Gracias a mi grupo de escritura los Longstockings, y a una Longstocking en particular, que se sentaba delante de mí cada lunes y me animaba; Siobhan, te estoy mirando a ti. Y gracias a Aram, que me inspiró para escribir sobre el tipo de amistad que es para siempre, la que abarca novios y playas y niños y vidas enteras.

Descubre la trilogía
A todos los chicos de los que me enamoré: